TUMULAR

THUNDER DELLÚ

A SETE PALMOS DO INFERNO

AVEC
EDITORA

Copyright©2021 Thunder Dellú

Todos os direitos dessa edição reservados à editora AVEC.

Nenhuma parte desta publicação poderá ser reproduzida, seja por meios mecânicos, eletrônicos ou em cópia reprográfica, sem a autorização prévia da editora.

Publisher: Artur Vecchi
Editor: Duda Falcão
Arte de Capa: Marcos Schmidt
Projeto gráfico e diagramação: Vitor Coelho
Revisão: Gabriela Coiradas

1ª edição, 2021
Impresso no Brasil/ Printed in Brazil

Dados Internacionais de catalogação na Publicação (CIP)
(Câmara Brasileira do Livro, SP, Brasil)

D 358

    Dellú, Thunder

    Tumular : a sete palmos do inferno / Thunder Dellú.
    Porto Alegre : Avec, 2021.

    ISBN 978-85-5447-072-2

    1. Ficção brasileira
        I. Título

CDD 869.93

Índice para catálogo sistemático: 1.Ficção : Literatura brasileira 869.93
Ficha catalográfica elaborada por Ana Lucia Merege – 4667/CRB7

Caixa Postal 7501
CEP 90430-970 – Porto Alegre – RS
 contato@aveceditora.com.br
 www.aveceditora.com.br
 @aveceditora

Aos meus queridos e lendários amigos da cidade de Monteiro Lobato, SP.

Aviso de gatilho: Este é um livro de ficção de horror, contendo violência explícita e menções a imagens e entidades religiosas. Leitores muito sensíveis a estes temas devem ter consciência de que os mesmos existem na obra.

SUMÁRIO

Capítulo 1 • Mar de sangue, crânios e flores de plástico 11

Capítulo 2 • O brinquedo 19

Capítulo 3 • O encontro 29

Capítulo 4 • Confissões inconfessáveis 38

Capítulo 5 • Dona Sinhá, o sino da morte e o buraco do inferno ... 46

Capítulo 6 • O fim da cidade 57

Capítulo 7 • A primeira de várias 63

Capítulo 8 • Sim! 69

Capítulo 9 • Infância 79

Capítulo 10 • A cruz se mexe mais uma vez 89

Capítulo 11 • Tristeza e revelação 97

Capítulo 12 • O buraco do inferno 106

Capítulo 13 • Vinho santo 115

Capítulo 14 • Stairway to heaven 124

Capítulo 15 • Domingo de ramos e planos 128

Capítulo 16 • Juninho 135

Capítulo 17 • A última viagem 143

Capítulo 18 • Domingo de Páscoa, a ressurreição 152

PREFÁCIO

Em *Tumular,* Thunder Dellú retoma o cenário de Monteiro Lobato, cidade fincada na serra igual à unha encravada, como se contou em seu primeiro romance: *As pirâmides revolucionárias*. Mantendo a temática do universo oculto, o também músico e compositor elabora ainda mais o suspense, o terror e o estranho que vivem em cada um de nós. Nesta narrativa, Dellú coloca em primeiro plano Seu Dito, um coveiro que vive entre os pertences valiosos de cadáveres recém-enterrados. Ao contrário dos coveiros de Shakespeare, que são perspicazes na percepção da pequenez do corpo e expressam-se com graça, Seu Dito brinca com a (des)graça. Persigna-se frente ao Cristo e pede à "vítima" de quem surrupia o terço que envie um alô para o... o... coxo (escolho aleatório um dos nomes dados por Riobaldo para o diabo no *Grande Sertão: Veredas*).

Mas será o Benedito um homem ruim?

Seu Dito pertence a um grupo de trabalhadores que se relaciona constantemente com a morte, mas que, por experiência própria, acostumou-se a conviver com as emoções que ela provoca. Eu, que nada entendo de covas e de seus moradores, chamo atenção para sua condição social. Funcionário público que conta com baixa remuneração, apegado à pinguinha, morador de uma "cidadezinha" – hei de explicar as aspas – e desejoso de fazer seu pezinho de meia, o que Seu Dito também nos *diz* é que há mais mundaneidade entre os mortos e os vivos do que sonhamos.

Esse elemento social que perambula igualmente entre vivos e mortos – apesar de ter gente que acha que a morte iguala as pessoas – está também presente no livro de Dellú. Cada leitor e cada leitora pode pegar sua enxada crítica e bater na superfície do texto; não duvide que vai encontrar a veia *punk rock* de Dellú golpeando com força as máscaras da hipocrisia autoritária e preconceituosa das classes dirigentes.

Mas voltemos à "cidadezinha". Thunder, que já provou dominar a criação do terror, em suas entrevistas, cita Stephen King. Os leitores desse autor estadunidense reconhecerão um pouco dele no escritor vale-paraibano.

Todavia, Thunder busca ir além. Acompanhemos a cena de Seu Dito Lobisomem, logo no primeiro capítulo, fugindo da força que o puxa para dentro do jazigo: "Seu Dito levantou-se num pulo e correu o mais distante que pôde do túmulo negro, escorregando pelo barro, dando caneladas em cruzes de madeira e esgueirando-se por entre as sepulturas de azulejos coloridos e encardidos." Pode deixar de aproveitar sua literatura quem ousar (como diria o Zé do Caixão) esquecer que o medo, o terror e o inquietante moram no inconsciente do caipira. E isso muito bem nos ensinou Ruth Guimarães, autora de *Filhos do medo*.

Sei que pode soar despropositada a aproximação entre D. Ruth e Thunder, mas é inegável que a valorização do autor pelos cidadãos de Monteiro Lobato e São Bento Sapucaí (duas "cidadezinhas" tão conhecidas por ele quanto os acordes do Led Zeppelin que embalam o Capítulo 14) manifesta-se de forma peculiar no terror desta história. Quer dizer, o terror de suas narrativas tem a melodia do dialeto caipira. A vida e a linguagem desse grupo estão, por exemplo, na voz de Dona Sinhá ("Quem tá aí quereno falá cos morto?") e no nome dos moleques Jonas Bocudo, Flauta e Preguinho. Mas é na mescla entre a voz narrativa e a atmosfera caipira que a melodia enriquece: no trecho citado no parágrafo anterior, basta ouvir com cuidado a expressão "levantou-se num pulo" e veremos que ela capta a identidade do interior.

Essas referências soam muito próximas dos vale-paraibanos em cujos jogos de infância podia-se ouvir a cantiga com estes bem familiares versos:

Balança caixão
Balança você

Porém, não quero dar a entender que se trata de uma história regional. Há trechos em que parece estarmos vendo uma pintura de Bosch:

"...viu-se [fica, da minha parte, o suspense sobre o sujeito dessa frase] agarrado feito um bicho-preguiça no tronco de um enorme pé de eucalipto, no alto de um morro próximo à praça de baixo da cidade. Apertou os olhos, limpou o sangue já coagulado do rosto com as costas de uma das mãos e gritou de satisfação ao observar, abaixo de um horizonte escuro cortado por relâmpagos vermelhos, a cidade de Monteiro Lobato submersa em sangue."

Para finalizar, já que falei em "história regional", retomo a inquietação de José Paulo Paes sobre *Contos de cidadezinha* (1996), última ficção de Ruth Guimarães: no mundo pós-moderno, que interesse teriam as histórias regionais? E acrescento: no mundo pós-pandemia de Covid-19, que interesse terá a morte?

À primeira pergunta, eu diria que a boa literatura é linguagem, e não tema. Uma boa ambientação em um cemitério é bem mais agradável do que uma enfadonha descrição de luxuosos *resorts*. Sobre a segunda, fica o Dito, o Seu Benedito Ângelo, pelo muito que nem preciso dizer.

Desejo uma assustadora, reveladora e ousada leitura.

Robson Hasmann
é professor do Instituto Federal de São Paulo (Campos do Jordão), mestre e doutor em Letras pela FFLCH-USP e admirador da cultura caipira vale-paraibana e dos mortos do mexicano Juan Rulfo.

CAPÍTULO 1

MAR DE SANGUE, CRÂNIOS E FLORES DE PLÁSTICO

Aquele não era o primeiro e nem seria o último. Seu Benedito Ângelo calculava que já havia profanado mais de duzentos túmulos em sua vida e, segundo suas divagações, qualquer caixão, barato ou caro, era só mais uma cama para mais um desgraçado que havia passado pela vida inutilmente. Na madrugada daquele sábado quente de fevereiro, quanto mais ele enfiava a enxada, mais regava a terra vermelha daquele buraco seco e profundo com o suor que escorria pelos vincos da cara feito gotas de sangue. "Seu Dito Lobisomem", como era chamado, sabia que o que fazia não era honrado, mas não se importava. Sempre que alguma pessoa rica ou com algumas posses morria na pequena cidade de Monteiro Lobato, ele fazia questão de ir aos velórios, não para rezar pela alma do desencarnado ou dar tapinhas lamentosos nas costas dos parentes, mas para observar se o defunto subia aos céus ou descia aos infernos portando anéis, terços, crucifixos e colares de ouro. Próteses e coroas dentárias confeccionadas com metais preciosos também o interessavam, apesar das dificuldades que sentia em abrir a mandíbula – sempre enrijecida – dos cadáveres.

Para aquele senhor de quase sessenta anos, aquela madrugada seria mais uma oportunidade de abastecer um pouco mais os próprios bolsos. A febre do ouro corroía suas entranhas mais do que o álcool lhe infernizava a vida. Forte como um touro e com a ganância reluzindo em seus olhos, em menos de uma hora, a sua enxadada nervosa explodiu num barulho oco e seco. Batera na madeira envernizada da tampa do caixão. O sorriso de "Seu Dito Lobisomem", iluminado pelo luar, refletiu-se nas fotos empalidecidas dos mortos de outras épocas que repousavam em túmulos próximos. Engatou a lâmina da enxada numa das travas de metal dourado do caixão, pisou no cabo, rompeu a fechadura num pontapé e jogou a tampa para o lado, expondo à lua cheia a face pálida e ainda maquiada de dona Dulce Martelli, uma senhora que havia sido sepultada na tarde do dia anterior.

— Ô, dona Dulce! A senhora era muito boazinha, mas, me desculpe. Não vai precisar de nada disso no além! A bondade não faz as pessoas entrarem de graça no céu? Não é assim que funciona a coisa? — disse seu Dito, ofegante, em tom de deboche, enquanto desenroscava um terço com um crucifixo de ouro das mãos inchadas do cadáver. — Muito obrigado, viu? Vai com Deus! Ah, e se por acaso a senhora não for direto para o céu, manda um abraço pro meu pai no inferno, por favor? Aquele velho desgraçado... — concluiu, envergando um sorriso ainda mais irônico e fechando a tampa do caixão com tanta força que fez com que vários morcegos que repousavam em uma mangueira próxima voassem e projetassem suas asas contra a luz da lua.

Depois de cobrir o caixão, seu Dito socou a terra do túmulo com a pá, como fez no dia do enterro, e jogou as rosas, os cravos e as coroas de flores por cima, para não despertar suspeitas. Enxugou o rosto molhado de suor com a camisa surrada de flanela e dirigiu-se apressado ao local que chamava de "cofre de Deus", que nada mais era do que um buraco aberto no mármore preto de um antigo túmulo próximo dali. Ao aproximar-se da sepultura escolhida para depositar suas riquezas surrupiadas, seu Dito benzeu-se, envergonhado ao ver a enorme estátua de Jesus Cristo que ornamentava a tampa do jazigo. Olhou para todos os lados apenas para confirmar sua completa solidão, abaixou-se, enfiou a mão no buraco do mármore e jogou o terço de dona Dirce lá dentro. O objeto fez um barulho alto ao chocar-se com as centenas de peças de ouro, prata e pedras preciosas lá escondidas durante anos e anos de "trabalho duro", como gostava de dizer para si mesmo. A mão calejada que profanou a sepultura e atirou o terço saiu agarrada a uma garrafa de pinga "Amélia", que "Seu Dito Lobisomem" dizia ser a grande, a verdadeira e única salvação da sua vida. "Santa Amélia é minha protetora! É ela que abre os meus caminhos nessa terra abençoada!", confessava para os amigos de bar, arrotando orgulho, ironia e um tipo de fé falsa embebida em cachaça.

Enquanto tomava sua pinga a grandes goles do bico da garrafa, seu Dito permaneceu sentado, pensativo, recostado no mármore negro e sempre gelado do túmulo. Olhava para o céu pensativo e sorridente, como se agradecesse ao firmamento pela "graça" recebida. Estampava em seu rosto uma gratidão consciente, criminosa e sem o mínimo traço de remorso. Fazia aquele tipo de saque há mais de trinta anos e as joias que conseguia mantinham sua vida financeira em dia. Só trabalhava de verdade quando havia algum enterro na cidade, o que era uma ocasião rara pelo pequeno número de habitantes. Muitos moradores do pequeno e pacato município de Monteiro Lobato estranhavam e fofocavam sobre o seu ócio diário, mas ninguém o questionava, talvez por educação ou, sabe-se lá, por algum tipo de medo. De vez em quando, o velho coveiro pegava uma das joias do túmulo, subia em sua moto e dirigia-se a São José dos Campos, onde as vendia, garantindo, assim, o sustento do mês.

À medida que "Seu Dito Lobisomem" embriagava-se a goles desesperados, os deuses inquietos das chuvas manipulavam nuvens densas e negras nos céus lobatenses e atiravam raios azulados de um polo a outro da cidade. Quando esses senhores enjoavam do jogo nas alturas, começavam a atacar a Terra sem piedade com seu poder elétrico travestido em raios azulados, gerando estrondos tão fortes que faziam o Cristo de mármore negro tremer em cima da sepultura. Seu Dito respirou fundo e resolveu tomar o rumo de casa antes que a forte tempestade desabasse de vez. Tampou a garrafa de cachaça com uma rolha e sentiu os primeiros e grandes pingos da chuva gelarem suas costas. Ajoelhou-se perante o túmulo preto, olhou o buraco escuro, enfiou a garrafa dentro dele e sentiu algo como presas prendendo, puxando, mastigando em solavancos e rasgando sua mão direita. O velho urrou de dor, enquanto ouvia um som gutural e incompreensível semelhante ao de um porco sendo abatido ecoar no ar parado do interior do jazigo.

— Puta que pariu! Caralho! — A frequência e amplitude do grito de dor fizeram vibrar as estruturas das paredes da sua garganta carcomida de alcoólatra.

Seu Dito largou a garrafa e tentou livrar a mão do que a prendia. Algum tipo de animal queria arrastá-lo para as profundezas escuras do jazigo, onde joias, ossos humanos e partes de caixões repousavam entre baratas, roupas, véus e flores de plástico. Quando os músculos do seu braço se contraíram com a máxima força, seu Dito conseguiu puxar sua mão para fora. Quase sem fôlego de tanto gritar e com os olhos saltando pelas órbitas, viu a palma de sua mão direita atracada às mandíbulas de um animal de pele oleosa e escamosa, cuja espécie não conseguiu identificar no auge do efeito da pinga Amélia. "Só pode ser cascavé! Mas tem cara e tamanho de porco... mas porco não tem escamas...", pensou, desnorteado, com a mão esvaindo-se em sangue. Em desespero de presa acuada e debaixo da tempestade diluviana que agora despencava sem dó, colocou os dois pés no mármore liso do túmulo e fez um esforço sobre-humano para desvencilhar-se da criatura, que parecia não ter a mínima intenção de abrir a boca. Uivando como se honrasse o apelido de "lobisomem" e com os pés patinando no mármore molhado, colocou a mão esquerda no interior do buraco, agarrou de novo a garrafa de cachaça e desferiu golpes violentos na cabeça do predador, que só soltou sua mão quando o recipiente de vidro quebrou e o álcool pareceu cegar seus olhos estalados. Seu Dito levantou-se num pulo e correu o mais distante que pôde do túmulo negro, escorregando pelo barro, dando caneladas em cruzes de madeira e esgueirando-se por entre as sepulturas de azulejos coloridos e encardidos. Já encharcado pela tempestade e pelo poder inebriante de sua santa preferida, Santa Amélia, conseguiu arrastar seu corpo até a avenida principal do cemitério.

Com o coração bombeando sangue a mil mililitros por segundo, efeito causado talvez pela pinga misturada a algum tipo de veneno do animal, seu Dito parou, baixou a cabeça e tentou encher os pulmões de ar com várias inspirações e expirações consecutivas. Foi quando a luz azulada de um relâmpago fez a noite virar dia e ele pôde ver em detalhes a enorme quantidade de sangue escorrendo pela sua mão dilacerada pelos caninos poderosos da criatura. Tremendo, quase chorando e cerrando os dentes comprados a prestações, seu Dito tirou a camisa de flanela encharcada e enrolou-a no ferimento e no pulso, na tentativa de estancar o sangue. Na ânsia de correr ladeira abaixo, para fugir o mais rápido possível das ameaças físicas e psicológicas que o aterrorizavam na morada dos lobatenses mortos, o velho escorregou, caiu e rachou a cabeça numa raiz protuberante de uma grande árvore. Sangue, lama, gemidos e tentativas frustradas de orações misturavam-se num momento de absoluto desequilíbrio físico e mental. Ao recompor-se da queda, seu Dito, ainda deslizando pelo chão barrento, coçou os olhos e viu uma silhueta a menos de dez metros de distância ladeira acima. De onde estava, pôde ver os raios iluminando e destacando à contraluz o enorme crucifixo em tamanho natural que ornamentava a avenida central do cemitério. Por entre os relâmpagos e em meio à chuva cada vez mais torrencial, seus olhos entorpecidos guiaram-se instintivamente para os olhos da imagem do Cristo crucificado. A figura do homem torturado pelos soldados romanos parecia estar com a cabeça levantada e com os olhos abertos e luminosos, como se fossem dois faróis de carro em tamanho miniatura. Seu Dito baixou a cabeça e benzeu-se com uma fé que nunca imaginou possuir nas entranhas da alma. Desviou o olhar para os lados, balbuciou um misto de orações ininteligíveis e, quando tomou coragem, olhou outra vez em direção à imagem. Um terror gélido invadiu sua espinha e abraçou seu coração quando o velho viu as dezenas de velas aos pés do Cristo acenderem todas ao mesmo tempo, vencendo as gotas de chuva com o poder de pequenas e poderosas chamas. Em estado de choque e imaginando que estivesse à beira da morte, o coveiro ancião só observava e tremia como se fosse a ponta de uma vara de pescar puxada por uma tilápia. O Cristo, com a cabeça levantada, a expressão lacerante de dor na face e os olhos acesos como duas lâmpadas incandescentes, parecia movimentar-se e querer desvencilhar-se do seu instrumento de tortura. Seu Dito levou a mão ao coração, prevendo um possível infarto, ao notar que os braços ensanguentados da imagem de Jesus debatiam-se e contorciam-se junto à cruz. A estátua do "Filho de Deus" parecia querer soltar-se dos pregos martelados há dois mil anos em suas duas mãos. Foi quando a mão esquerda de Jesus fechou-se como que por reflexo e, num puxão seguido de um grito de dor e agonia, conseguiu separar-se do prego. Pedaços de músculos e tecidos humanos ensanguentados ficaram atados à cruz. Em seguida, as pernas nuas, açoitadas e arroxeadas da imagem contorceram-se e tremeram como se levassem um choque elétrico de 1.600 volts. Mais um urro reverberou entre os túmulos e os pés sobrepostos da imagem de Cristo soltaram-se de um único e enorme prego que os atravessava. Agarrando-se do jeito que podia à cruz e mergulhada naquela dor celebrada há séculos pelos religiosos, a grande imagem conseguiu soltar-se do último prego que a segurava. Despencou como um saco de gesso por entre as velas acesas no chão. Seu Dito podia ver com nitidez a enorme quantidade do sangue de Cristo iluminado pela luz das velas. O líquido venerado e viscoso escorria em abundância até a pequena base de cimento que sustentava a grande cruz. "Meu Deus, isso não pode estar acontecendo!", pensou. Desesperado, baixou os olhos e viu o seu próprio sangue misturando-se à água da chuva que descia numa enxurrada cemitério abaixo. "Essa imagem é de gesso, arame e tinta! Não é real, não pode ter sangue, não pode abrir os olhos e não pode gritar assim! Não posso estar ficando louco! Santa Amélia, por favor, me ajude!", murmurou em voz baixa, com os lábios trêmulos de criança birrenta. Ao tomar coragem e erguer de novo os olhos incrédulos, sentiu os pelos do seu corpo vencerem a umidade da chuva e colocarem-se em pé, atiçados por um arrepio que o eletrificou da nuca aos dedos dos pés. A imagem cambaleante do Cristo descia pela avenida principal do cemitério em sua direção, a passos muito lentos, trôpegos e irregulares, como se fosse um morto-vivo que seu Dito só conhecia dos filmes e da lenda do "Corpo Seco". O "Filho de Deus" rompia a cortina da tempestade, com o rosto e os cabelos longos iluminados apenas pelos breves flashes dos relâmpagos. Na alternância entre escuridão e claridade, entre trevas e luz, seu Dito distinguiu o que pareceu ser um tipo de "monstro de Frankenstein" desarticulado e ameaçador, longe da imagem cândida e pacífica do Cristo que sempre viu nas esculturas e pinturas das igrejas e nos filmes antigos. Era um ser desajeitado e manco, com um braço esticado, o dedo indicador apontando em direção ao coveiro e a outra mão apoiando-se como podia no joelho ensanguentado. Uma poça de sangue formava-se assim que cada pé do Cristo tocava o chão. "Seu Dito Lobisomem" colocou as mãos por cima da cabeça e deitou o rosto de lado no barro, orando para que tal "assombração" o deixasse em paz. Então, a chuva diminuiu de repente e a lua cheia abriu espaço entre as nuvens densas, mas o barulho dos passos desarticulados na direção do coveiro ladrão só aumentava. De repente, os passos cessaram. O silêncio predominou por alguns segundos e foi quebrado por uma voz autoritária.

— Benedito! — A chuva parou como se alguma entidade celeste fechasse um registro e um trovão explodiu no céu — Benedito, olha pra mim!

— Não... não... você não existe! É... é o veneno do bicho! É a pinga... é a Amélia! — respondeu o velho homem, com a voz saindo rasgada entre os dentes falsos.

— Benedito! Eu sei que você nunca acreditou em mim, mas olhe nos meus olhos e tente me enxergar pelo menos uma vez! — insistiu a imagem cadavérica, exibindo as pupilas dilatadas e cada vez mais acesas.

"Seu Dito Lobisomem", acuado, não viu outra opção a não ser bater de frente com o seu próprio calvário. Como um animal prestes a ser abatido, contorceu o pescoço e o corpo devagar na lama. Olhou para baixo por alguns segundos, benzeu-se do jeito que sabia, tomou coragem e, trêmulo, encarou Jesus Cristo, seu pesadelo. Viu em detalhes a palma da mão furada e espalmada da imagem a centímetros do seu rosto pálido. Através do enorme buraco feito pelo prego romano que atravessou a carne, ou, no caso, o gesso do "Filho de Deus", o coveiro pôde ver os longos cabelos e a barba de Jesus Cristo esvaindo-se em sangue. Quando a imagem baixou sua mão devagar, seu Dito, auxiliado pela luz prateada do luar que golpeava as nuvens, pôde observar em detalhes a coroa de espinhos e todos os membros perfurados e maltratados pelos pregos, chicotes e demais instrumentos de tortura utilizados pelo império romano. O corpo de Cristo estava nu e sua expressão facial, apesar da voz ríspida, transmitia calma e complacência. Parecia um sábio, apesar de todo o tormento que aparentava ter passado e do tom roxo-morte das poucas partes visíveis de pele ainda não banhadas pelo sangue sagrado.

— O... o que o senhor quer de mim? — com essas poucas e trêmulas palavras, seu Dito rompeu o medo e os ensurdecedores segundos de silêncio. Nunca havia conversado com Cristo nem por meio de orações, quanto mais ao vivo.

— Treze almas desgarradas e estragadas! E treze corações intactos! — respondeu de maneira ainda mais ríspida a imagem, agora muito mais trêmula, como se sofresse um ataque repentino de epilepsia. Seus braços e pernas chacoalhavam e o sangue que vazava pelos membros parecia não ter fim.

— Co... como assim?

— Treze almas das piores pessoas que o senhor conhecer e treze corações intactos. Apenas isso!

— Senhor... vou ter... que... matar alguém?

— Entenda como quiser, seu Benedito. O senhor é uma pessoa inteligente. Eu preciso da sua ajuda! E preciso que tudo se complete até o final da quaresma... — respondeu a figura cadavérica, enquanto dava as costas dilaceradas e descarnadas para o coveiro e arrastava-se de volta à sua cruz, apoiando-se nos joelhos de cartilagens expostas. Seu Dito, com o coração rolando boca afora e expelindo medo e urina por todos os orifícios, não disse nada. Não por não ter o que perguntar, mas por culpa do medo que travava sua voz como uma morsa prende uma ferradura.

A lua desapareceu, a chuva forte recomeçou, e antes que o velho coveiro pudesse levantar, a imagem do homem torturado já estava na posição em que se encontrava há muitos anos naquele cemitério. Entre ribombares de trovões e raios avermelhados que atingiam as árvores próximas, seu Dito agora chorava compulsivamente e agradecia a Deus pela missão recebida por intermédio do SEU filho. Antes que pudesse recuperar por completo a sanidade mental e um pouco da sobriedade, notou que muitos raios caiam sobre o cemitério de maneira antinatural. Descargas vermelho-sangue atingiam em cheio as cruzes, as lápides, os anjos e os santos dos túmulos, um a um, carbonizando alguns e danificando outros de maneira irreversível. Seu Dito correu e protegeu-se ao lado de um mausoléu de uma antiga e abastada família lobatense. Enquanto observava o sangue que pingava da camisa de flanela enrolada em sua mão direita, uma tontura atacou-o e a sensação de desmaio foi iminente. O velho e desorientado coveiro encolheu-se junto à construção como se fosse sua última tábua de salvação. Viu, como disse depois aos amigos, "com os olhos que a terra haveria de comer", turbas de centenas de ratos molhados, furiosos e de olhos iluminados invadirem o cemitério. Arregalou os olhos ao ver as malfadadas criaturas entrando famintas e saindo satisfeitas das grades dos túmulos com pedaços de carne podre, pele, ossos e cabelos humanos entre os dentes. Distinguiu na escuridão o que parecia ser uma nuvem composta de moscas, morcegos e urubus sobrevoando silenciosamente e em círculos o enorme crucifixo do caminho central. Pareciam estar ali há séculos, ansiando pelo sangue sagrado e pela carne rígida do Cristo de gesso. Observou, "com olhos que a terra haveria de vomitar", um rio de sangue despencando cemitério abaixo, como se fosse uma cachoeira, arrastando tudo, inundando as vielas e alimentando sua correnteza com tudo o que conseguisse remover dos túmulos dos ricos e dos pobres. Quanto mais a enxurrada de sangue entulhada de cruzes, véus, alças de caixões, flores e terços de plástico, crânios, ossos, mandíbulas e demais partes decompostas de corpos humanos subia e batia agora já acima da cintura, mais ele tentava fincar as unhas e escalar a parede do mausoléu. Depois de muitas tentativas frustradas, começou a gritar e a afogar-se nas ondas do sangue cada vez mais coagulado e rígido que o estapeavam o rosto. As últimas imagens que vislumbrou antes de fechar os olhos e perder a consciência foram as silhuetas das cruzes, dos santos e dos anjos dos túmulos mais altos despontando acima do nível do mar vermelho e revolto que se tornara o seu local de trabalho. "Só gente rica constrói túmulos tão altos", foi seu último pensamento. No final daquela noite, só sobraram o silêncio e a escuridão na mente e na alma do velho coveiro.

CAPÍTULO 2
O BRINQUEDO

— **Vai,** Flauta! Fica esperto! Cansei de perder! Se começar a fazer corpo mole, você vai ver! — gritou Preguinho antes que o amigo Bocudo lançasse a pequena e surrada bola de tênis no jogo de taco improvisado na rua de asfalto. Já era quase hora do almoço e o sol do verão de fevereiro surrava a cabeça dos meninos.

— Pode deixar! — respondeu o garotinho de óculos com lentes grossas, irmão de Preguinho, segurando o cabo de vassoura que servia de "taco" com a força máxima dos seus dedos magros. Estava com os olhos arregalados e fixos na bola que já vinha veloz como uma bala em sua direção. A tacada do menino foi certeira e a bolinha desapareceu quase que para sempre no mato lotado de pés de mamona e capim-gordura de um terreno baldio próximo.

Flauta, ou Gilmar Roque de Oliveira, de oito anos, e seu irmão Alessandro, o Preguinho, de dez, tiveram tempo de correr e cruzar os tacos de cabos de vassoura duas vezes antes que o amigo ruivo Bocudo, cujo nome real era Jonas, de onze anos, recuperasse a bola descabelada de tênis no meio do terreno abandonado que chamavam de "Camboja". Depois da correria e de gritar a plenos pulmões: "Cinquenta! Ganhamos!", Flauta levou a mão à testa e sentiu-se ofegante. Sentou-se próximo aos pauzinhos de taquara que serviam de alvo para as bolas do jogo, respirou fundo várias vezes, baixou a cabeça, cuspiu uma baba grossa no chão e o jogo foi encerrado. Mesmo puxando o ar com o máximo de sua força, o garoto parecia não conseguir satisfazer seus pequenos pulmões com todo aquele ar puro da cidade de Monteiro Lobato. Preguinho chegou assustado perto do irmão, abaixou-se, abraçou-o e levantou-o devagar. Amparou-o como se fosse um paciente que acabara de sair de uma cirurgia, olhou para as crianças ao redor e, percebendo as expressões atônitas nos rostos infantis, disse que a brincadeira tinha acabado de vez.

Enquanto todos caminhavam de volta para casa em profundo silêncio, Bocudo, o garoto ruivo besteirento de onze anos de idade que sempre tinha alguma novidade para mostrar ou alguma aventura bizarra a propor nos infinitos do universo lobatense, foi logo tagarelando:

— Preguinho, lembra aquele negócio cabuloso do inferno que passou na televisão e que eu falei pra você? Eu ganhei essa merda do meu pai, cara! Ele não disse nada pra minha mãe, mas trouxe um novinho de São José pra mim! Posso passar na sua casa mais tarde pra mostrar? O negócio é bacana, mas é cabuloso pra caraio! Vi umas coisas na internet que me deram medo! Dizem que tem mais histórias desse objeto na tal da "*Deep Web*" que...

— Jonas, faz o seguinte! Meu pai e minha mãe vão pra São José hoje à tarde, pra fazer compras no Piratininga, e só voltam lá pelas dez da noite! Aparece em casa lá pelas seis, beleza? Mas não atrase! Não quero que eles vejam a gente brincando com esse troço que você falou que deu medo! — avisou Preguinho, ao mesmo tempo curioso e desconfiado do "novo brinquedo" do amigo mais aventureiro de todos.

— Preguinho, eu acho que eu tô doente... — interrompeu Flauta. O garoto conseguiu, a duras penas, emitir em baixíssimo volume as primeiras palavras depois da correria do jogo no sol quente.

— Não tá, não! É coisa de asma e não tem nada a ver com apendicite, tuberculose, rinite, essas coisas perigosas! Se bem que eu acho que rinite não mata... bom... sei lá! Lembra que a mamãe passou *Vick Vaporub* no seu peito no dia da festa junina do ano passado e você sarou rapidinho? — perguntou Preguinho, já se despedindo de Bocudo com um sorriso amarelo e abrindo o portão da casa para o irmão mais novo.

Flauta estava se sentindo tão esgotado que, mesmo sem tomar banho, jogou-se na cama cercada de pôsteres do desenho animado *Ben 10* e ali embarcou num sono profundo. A tarde foi avançando de acordo com o relógio próprio das cidades pequenas, e Preguinho, sentindo-se solitário em casa com a ausência dos pais desde depois do almoço, virou-se com o lanche da tarde. Pegou um resto de arroz que estava na geladeira, misturou com feijão, abriu uma lata de sardinhas, misturou e esquentou tudo numa panela e foi até a sala para comer vendo televisão, como fazia todos os dias depois das aulas. Acessou o Youtube da *smart* TV e viu um episódio do seu seriado antigo favorito, que fora indicado pelo pai, chamado *Robô Gigante*. Pegou no sono no sofá por algumas horas e acordou num sobressalto com o celular tocando e a cara vermelha do amigo Jonas reluzindo na tela. Eram 17h59 da tarde e já começava a escurecer quando a voz afobada e esganiçada ecoou no celular dizendo que estava a caminho para mostrar para os irmãos o seu "misterioso e enigmático brinquedo novo do inferno", como salientou ao final da chamada, num tom sensacionalista de âncora do Jornal Nacional.

Flauta, ainda deitado em sua cama, acordou assustado com o barulho do telefone. Levantou-se de maneira preguiçosa, bocejou e foi até a sala. Preguinho orientou-o para que tomasse um banho e comesse algo, assim poderiam brincar até que os pais retornassem. Menos de dez minutos depois, Bocudo apareceu bufando como um cachorro louco no portão da casa, com um grande pacote debaixo dos braços. Como é costume em cidades pequenas, foi entrando na casa sem avisar.

— Que trambolho é esse, Jonas? — perguntou Preguinho, ao ver o amigo entrar pela porta da sala, falando a mil por hora e tropeçando no tapete.

— Meu, essa é a coisa mais sensacional, bizarra e alucinante do universo conhecido por Deus e pelo diabo! É misterioso, mas é demais! Eu e o meu pai vimos um negócio desses num filme de terror da Netflix e pedi um igual de presente! Ah, mas o filme é uma merda porque, no final, morre todo mundo e... ah, depois eu conto a porra do filme... — respondeu o menino, puxando o ar e tirando um tabuleiro de madeira de dentro de um pacote marrom com um adesivo onde se lia "Casa Sete Velas – São José dos Campos – SP".

— Que que é isso, mano? Uma lousa? Um *skate*? — perguntou o pequeno Flauta, já de banho tomado e cabelo penteado à moda "vaca lambeu", despejando leite em uma caneca cheia de Sucrilhos Kellog's sobre a mesa de centro novinha da sala, sob os olhares de desaprovação do irmão mais velho.

— Não, Flautinha! Isso aqui é um grande e misterioso tabuleiro de *Ouija*, da África Setentrional, lá pros lados do Haiti! Lá, naquele lugar onde tem mortos-vivos, sabe? Vodu? — Flauta fez cara de desconfiança, fechando um dos olhos e envergando a boca. Conhecia de cor e salteado a fama de mentiroso do amigo. — Quando vocês tiverem um tempinho, assistam ao filme "A maldição do tabuleiro do diabo" na Netflix! É uma bosta, mas é legal pra conhecer esse objeto! Lá tem um igualzinho, só que é de outra cor! Nesse aqui veio até um manual de instruções! Apesar de ter muita coisa no Youtube, eu li inteirinho no papel mesmo! Sou das antigas, né? Quero ver quem é macho de verdade pra brincar comigo com essa merda! Vou ler as regras! — Bocudo riu e coçou a virilha com pose de "macho" e uma boa dose de sarcasmo. Sacou um pequeno manual do pacote e começou a ler para os amigos em voz alta, rouca e gutural:

— "Um: nunca jogue sozinho. São necessários, no mínimo, dois jogadores. Dois: nunca pergunte nada sobre Deus ou sobre religião. Três: seja respeitoso com os espíritos."

— Espíritos? É coisa de assombração? — perguntou Flauta, engasgando-se com o Sucrilhos.

— Meu, vamos lá na mesa da cozinha? Lá eu desembrulho ele! Essa mesinha da sala é muito pequena. Tem um monte de instrução aqui no papel, mas eu não vou ler tudo, senão, não dá tempo de a gente brincar! — disse Bocudo, taxativo, enquanto agarrava o pacote com o tabuleiro. Preguinho o olhou desconfiado, mas balançou a cabeça num "sim" hesitante.

Todos dirigiram-se até a cozinha. Preguinho, mesmo ressabiado com o brinquedo, tirou a cesta de frutas de plástico que, pelos seus cálculos, repousava há séculos sobre a mesa principal. Fuzilado por seis olhos pequenos, curiosos e apreensivos, sendo quatro de Flauta e dois de Preguinho, Jonas desembrulhou o objeto. Os três garotos sentaram-se nas cadeiras em volta da mesa e posicionaram-se em torno dele. Flauta ajoelhou-se numa das cadeiras para ver melhor. Era um tipo de tabuleiro em que podia-se ler todas as letras do alfabeto dispostas em forma de arco, todos os números e algumas palavras como "Sim" no canto superior esquerdo e "Não" no canto superior direito. Bocudo também sacou da embalagem um objeto de madeira cujo formato lembrava um coração chapado e triangular de mais ou menos dez centímetros de comprimento. Era o tal do "ponteiro" do jogo, explicou Jonas.

— Vocês dois são muito, mas muito corajosos, né, seus merdas? Teve gente que brincou com essa porra e morreu de infarto fulminante e até de pneumonia! — brincou o dono do tabuleiro, já posicionando o "ponteiro" de madeira abaixo das letras.

— Sim! — A boca de Flauta envergou, transparecendo insignificantes traços de coragem, mas seu semblante era de profundo medo. Preguinho coçava as mãos e olhava tenso para o grande crucifixo de bronze pendurado na parede da cozinha. Aquele Jesus avermelhado e eternamente pregado em um instrumento de tortura que a mãe ganhara de presente de casamento sempre lhe dera medo.

— Assim que eu gosto, cambada! Coragem, meus amigos exploradores do desconhecido! Bom, vou explicar como funciona do jeito que eu sei. Depois eu leio o manual com mais atenção e vejo alguns vídeos! Este manual me deixou meio ressabiado. Como eu já disse, esse é um tabuleiro *Ouija*! Já ouviram falar de como funciona essa merda? — Sob a negativação sincronizada e robotizada das cabeças dos dois irmãos, Jonas continuou. — É um instrumento muito antigo, da época dos faraós e dos imperadores astecas da América do Sul e da África! Serve pra falar com os mortos, cambada, acreditam? É uma tábua de comunicação com os espíritos que já desencarnaram para uma vida no além!

Preguinho deixou o queixo cair com a informação e seu irmão mais novo parou de mastigar a unha do dedão direito.

— Falar com gente morta? Como assim? — indagou Preguinho, com os lábios moles e trêmulos como gelatina.

— Sim! Você tem medo, fio? Já tá com medinho, seu bosta? — respondeu Bocudo, com o olhar inquisidor e o jeito gozador de sempre.

Preguinho fez cara de raiva, olhou para o irmão menor e, na intenção de mostrar-se mais corajoso e mais forte do que o *Robô Gigante* do seriado do Youtube, respondeu que "não tinha medo de nada nessa vida", incluindo aí "fantasmas e espíritos que não existem". O irmão mais velho sempre fora uma referência para Flauta. Foi assim desde que o pequeno garoto de óculos começou a entender as primeiras palavras. Nas brincadeiras de esconde-esconde, Preguinho era sempre o mais atrevido e o que procurava os lugares mais perigosos para embrenhar-se. Nos estudos, principalmente em matemática, o irmão mais velho sempre tirava boas notas e recebia as mais sinceras cartas com elogios dos professores. Apesar de traços óbvios de ansiedade e rompantes de nervosismo, ele era, para Flauta, uma referência, um "herói", um exemplo a ser seguido. Talvez até mais do que o próprio pai, alcoólatra de longa data que se tornava violento toda vez que enchia a cara de cachaça.

— Bom, seus corajosos caçadores de demônios, lobisomens e fantasmas! — gritou Bocudo. — Vamos começar logo essa porra! Primeiro, vamos ter que apagar a luz da cozinha e acender uma vela pra iluminar o tabuleiro, tá bom? Tem uma porra de uma vela aqui nessa merda dessa casa? — concluiu aos gritos, olhando para o teto e erguendo as duas mãos para o alto.

Preguinho, apesar de sempre reprovar o palavreado chulo do amigo, riu, levantou-se, abriu a gaveta do armário, pegou uma vela branca e grande derretida até a metade e uma caixa de fósforos. Acendeu o pavio e pingou algumas gotas de cera na mesa, para acomodá-la em pé sobre o móvel. Em seguida, pediu para Flauta apagar a luz e ele obedeceu.

Na pequena cozinha, agora iluminada apenas pela fraca e tremulante chama, as três sombras dos garotos destacavam-se, projetadas como vultos gigantes na parede branca onde o crucifixo de bronze estava pendurado. A superfície marrom do tabuleiro, agora, parecia destacar ainda mais os números pintados de preto. As letras também se tornaram mais visíveis, como se ficassem fosforescentes de uma hora para outra.

— Amigos, tirem as crianças da sala! — ironizou Bocudo. — Agora é que a vida vai separar os homens das crianças! Só continua daqui pra frente quem tem coragem de abrir e enfrentar as verdadeiras entradas para o além! — O ruivo fez uma pausa, respirou profundamente e pegou o ponteiro do tabuleiro que estava sobre a mesa. Ergueu-o com as duas mãos, assim como os padres fazem com as hóstias nas missas, e continuou: — Isso aqui é o ponteiro que serve de chave pras portas do céu e do inferno! — Fez alguns segundos de silêncio. — Bom, eu acho que é ponteiro mesmo que chama essa porcaria, sei lá! Prestem muita atenção! Vocês vão fazer o que eu disser, *ok*? Somente o que eu disser! — Bocudo fez outra pausa e encarou as pupilas dilatadas e os semblantes petrificados dos dois irmãos. — Primeiro, coloquem os dedos da mão direita sobre o ponteiro, como eu vou fazer agora! — concluiu, posicionando o indicador e o dedo médio sobre objeto de madeira e arrastando-o para a base do tabuleiro.

Os irmãos encararam-se, mas obedeceram, posicionando os dedos no ponteiro. Flauta interrompeu o silêncio, balbuciando, num estado típico de "pré-choro":

— Não quero brincar disso!

— Vai, sim! Vai ter que aprender a ter coragem nessa vida *lôca*! Você é um homem ou um saco de batata? — respondeu Preguinho, com voz de "pai" austero. Ostentava um ar de superioridade de quem tem dois anos a mais de vida e, como dizia sempre, "muito o que ensinar".

— Tá bom... — consentiu Flauta, quase sem abrir a boca e fazendo o seu típico e manjado "beicinho".

— Prestem muita atenção agora, escravos do além! Vou começar dizendo umas palavras, mas não se assustem, tá? Faz parte do jogo! Fechem os olhos, por favor, porra! — orientou o destemido Bocudo, enquanto Preguinho benzia-se com um "Em nome do Pai" e o obedecia. Flauta sentiu uma ponta de alívio ao saber que tinha que fechar os olhos. Não queria, de jeito nenhum, ver o que aconteceria em seguida.

Um silêncio tumular instalou-se na cozinha. O ar parou e o fogo da vela agora estava estático. De olhos também fechados, Bocudo empostou a voz e arrastou as palavras para fora da boca como se uma bola de aço as prendesse no chão da garganta. Iniciou um interrogatório:

— Existe algum espírito nessa cozinha? — O silêncio perdurou por mais alguns segundos e o destemido garoto sem educação voltou a repetir, aumentando o tom da voz. — Eu imploro a vocês, desencarnados filhos da puta! Existe algum espírito aqui nessa porra, neste momento, junto com a gente?

Depois de um silêncio ainda mais desolador, em que tudo o que se ouvia era o som baixo da TV ainda ligada na sala e a respiração ofegante de Flauta, Jonas deu um soco na mesa e gritou como se quisesse ser ouvido no céu ou no inferno:

— Existe alguém mais aqui com a gente, caralho? Porra! Apareçam!

Sem acreditar, os três garotos arregalaram os olhos com o susto que tomaram depois que um barulho alto e seco ecoou pela cozinha. Parecia ser som de metal batendo várias vezes e com força contra a parede, com uma insistência neurótica. Preguinho pensou, tremendo de medo e sem coragem de olhar para o lugar de onde o som parecia originar-se: "Puta que pariu! É o Jesus Cristo de bronze da mamãe batendo na parede, só pode ser!". De um momento a outro, sem avisar, o pequeno ponteiro do tabuleiro começou a agitar-se sob os dedos também trêmulos dos três corajosos "Padres Quevedos" lobatenses.

— Caralho! Merda! Vocês estão sentindo o ponteiro se movimentar? — perguntou Bocudo, em seguida. Os irmãos responderam um "sim" medroso e bem baixinho. — Ok! Então, prestem atenção! Fechem os olhos de novo e não tenham medo! Quando eu disser "já!", a gente abre e vê onde o ponteiro parou, tá? — Outro "sim", agora bem mais alto, mais amedrontado e mais tenso, foi ouvido. — Vou repetir a pergunta! — Neste momento, o som metálico cessou. —Tem alguém aqui com a gente? Tem mais alguém aqui com a gente, caralho? — O ponteiro arrastou as três mãos com enorme velocidade até o canto superior esquerdo do tabuleiro. — Um, dois e... já! Abram os olhos, porra! — ordenou Bocudo.

As pupilas estaladas dos três meninos denunciavam o medo que se instalou na cozinha naquele momento. Eles suspenderam a respiração ao observar que o ponteiro estava estacionado sobre a palavra "Sim" do tabuleiro. Entreolharam-se, incrédulos, até que Bocudo deu dois socos fortes na mesa e gritou:

— Sim! Tem alguém aqui com a gente! Que porra! Quem é? Quem é?

Do nada, como se atingida por um vento forte, a chama da vela extinguiu-se e a escuridão total engoliu o ambiente. Nem os *blackouts* que aconteciam de vez em quando e deixavam a cidade no breu absoluto pareciam tão ameaçadores quanto aquela treva que se instalou na pequena cozinha de azulejos azuis. O barulho do metal do crucifixo intensificou-se. Era como se alguém o agarrasse pela base e o socasse violentamente contra a parede, descascando a massa corrida e fazendo buracos. Sons de brinquedos eletrônicos e celulares ligados foram ouvidos, ecoando e espalhando-se por todos os ambientes da casa. Ruídos de sirenes de ambulâncias e de carros de polícia misturavam-se aos solavancos ásperos e sincopados de um trem elétrico em movimento. Vozes de adultos conversando aos gritos e berros de crianças chorando explodiram como se algo grave estivesse acontecendo naquele exato momento, no quarto ao lado. O volume da TV da sala foi aumentando gradativamente, salientando cada vez mais uma gargalhada esganiçada e irritante de uma apresentadora de programa infantil. A máquina de lavar começou a chacoalhar sozinha e a jogar água por todos os lados. O antigo rádio-gravador Philco do pai de Flauta e Preguinho começou a tocar uma fita K7 do Guilherme Arantes no volume máximo, mas em rotação muito lenta, o que conferia um tom ameaçador à letra da música. "Amanhããã será um lindo diaaaa..." estourou pelos velhos alto-falantes rachados.

Tomados pelo susto que invadiu seus corredores ainda inexplorados das almas infantis e sentindo a total incapacidade de compreender o que realmente acontecia, os três amigos iniciantes na arte do ocultismo empurraram as cadeiras da mesa da cozinha para trás e correram como bois desgarrados casa afora. Subiram em disparada a ladeira do Posto de Saúde da cidade, gritando sem se importar se a vizinhança fofoqueira toda estivesse ouvindo. Enquanto Flauta corria rua acima chorando e Preguinho amparava-o aos tropeços, Bocudo desaparecia bem à frente deles, numa esquina da chamada "Praça de Cima", soltando palavrões aos quatro ventos.

De repente, um carro que descia em direção contrária foi logo identificado por Preguinho por causa de um farol caolho que sempre piscava. Era o velho "Gol bolinha 2001 verde" dos seus pais. O carro descia a rua muito lentamente. Talvez estivesse em velocidade reduzida para que a compras acomodadas em seu interior não fossem atiradas ao chão, ou talvez fosse porque o pai deles havia bebido de novo. Ao perceber os filhos correndo rua acima como se fugissem de um manicômio ou de um assassino psicopata, seu Gilmar, pai de Preguinho e Flauta, rodou a manivela da porta no sentido anti-horário, baixou o vidro do carro e gritou, sob os olhares assustados da esposa:

— Que que é isso, molecada? Que brincadeira besta é essa? Já pra casa!

— Nada, pai! É... é... pega-pega! Estamos brincando de pega-pega, né, Flauta? — respondeu Preguinho, enquanto enchia os pulmões de ar, girava a cabeça e a apontava para o irmão menor.

— Já pra casa! Tá tarde já! A gente tem muito o que conversar! — gritou Anita, a mãe, com um ar de tristeza e cansaço estampado no rosto maquiado.

Preguinho e Flauta, enquanto desciam correndo de volta para casa, concordaram entre si que devolveriam no dia seguinte para Jonas o "brinquedo" responsável pelo grande susto da noite. Ao chegarem em casa, e antes que os pais pudessem terminar de tirar todos os mantimentos, frutas, legumes e materiais de limpeza do carro, os dois correram até a cozinha, pegaram o tabuleiro de *Ouija* e o ponteiro e esconderam tudo dentro do guarda-roupas de madeira que dividiam no pequeno quarto anexo à sala. Depois de jurarem guardar segredo sobre o acontecido, foram até o carro e auxiliaram os pais no que puderam. Assim que terminaram de ajeitar os mantimentos no armário, todos sentaram-se à mesa para um lanche improvisado com pão italiano, salaminho e Guaranita. Menos Flauta, que se dirigiu ofegante e cansado ao quarto. Dona Anita, como se arrancasse palavras à fórceps do fundo da alma atormentada, virou-se para Preguinho e disse baixinho, depois de mordiscar sem vontade uma casca de pão:

— Filho... presta atenção... eu e o seu pai fomos pra São José hoje e, depois da compra no Mercadinho Piratininga, passamos no doutor Macedo pra buscar os resultados dos exames do seu irmão... — Imediatamente, a sempre tão forte e bem-disposta dona Anita começou a chorar e o coração de Preguinho acelerou. — Então... ele disse que vai ter que repetir os exames... mas já preparou a gente de que pode ser algo grave... Ao ouvir tal notícia de lábios sempre tão sinceros e verdadeiros, Preguinho parou de comer. Tentou engolir o alimento já mordido, mas a casca dura do pão italiano rasgou sua garganta feito lâmina de barbear. Preocupado, lembrou-se de que o seu único irmão, que também era um de seus melhores amigos, passara mal naquela manhã durante o jogo de taco. Sentindo e respeitando o cansaço físico e a mínima energia projetada pelos olhos já quase apagados da mãe, resolveu poupá-la de qualquer aborrecimento. Não lhe disse nada. Foi até o quarto que dividia com o irmão, cabisbaixo, em busca de uma toalha para um merecido banho. Ao entrar no cômodo e ver Flauta dormindo como um anjo na cama, ainda agarrado ao celular ligado no desenho do *Ben 10*, Preguinho dirigiu-se até ele pisando devagar e, envolto em lágrimas insistentes, deu-lhe um beijo no rosto.

— Preguinho? — disse Flauta, desorientado, acordando repentinamente, virando a cabeça e encarando o irmão.

— Nossa, que susto, moleque! Pensei que já estivesse dormindo! O que foi?

— Sabe aquela hora que a cruz tremeu na parede?

— Sim! O que que tem?

— Eu acho que fui eu!

CAPÍTULO 3
O ENCONTRO

A **manhã** daquele domingo de verão, um dia após a brincadeira dos garotos com os espíritos, amanheceu como sempre amanhecia em Monteiro Lobato. O dia raiou com sua implacável, e às vezes insuportável, calma e suas velozes andorinhas viciadas em voos rasantes e bombardeios precisos. A missa das crianças transcorria tranquilamente também, apesar das insistentes e, muitas vezes, maldosas fofocas sobre o estado de saúde do "Seu Dito Lobisomem", o coveiro, encontrado, na manhã do dia anterior, caído próximo ao portão principal do cemitério municipal, quase em estado de coma. Estava com um machucado profundo na mão direita, resultado da mordida de uma criatura ainda não identificada nem pelo mais experiente médico da região.

Assim que o padre Argemiro coçou a careca brilhante e emitiu a frase libertadora "Vão em paz e que o Senhor vos acompanhe", Jonas Bocudo, Preguinho e Flauta imediatamente dirigiram-se até as dependências do cemitério, situado logo atrás da igreja matriz, para tentarem acalmar um pouco o enorme monstro da curiosidade infantil que os assombrava desde que ficaram sabendo do estranho caso do coveiro.

— Tão falando que um bicho esquisito arregaçou a mão dele e o filha da puta quase morreu! Eu não acho que é fantasma, não! Tá com cara de coisa de extraterrestre! O chupacabras costuma fazer esse tipo de coisa! Diz que lá em Varginha tem de monte! O tio Laércio, que mora em Três Corações, disse que uma vez um grudou no cangote dele! Mas esse meu tio é um mentiroso desgraçado! — resmungou Bocudo, enquanto empurrava com o pé direito o grande e enferrujado portão da casa dos lobatenses desencarnados.

— Ah, eu não acredito nessa história! Minha mãe disse que o seu Dito bebe demais! Deve ter desmaiado por causa da cachaça... deve ter caído e machucado a mão, isso sim! — respondeu Preguinho, já se embrenhando por entre as folhas secas caídas pelo chão que forravam as vielas entre os túmulos maltratados pelo tempo e pelo descaso. Enquanto caminhava, olhava as fotos amareladas, as flores de plástico e as datas de nascimento e falecimento forjadas em metal barato.

— Preguinho, vamo embora? Tô com tontura... — disse Flauta, parando no local onde o corpo quase sem vida do "Seu Dito Lobisomem" fora encontrado pelo padre Argemiro. O garoto encostou-se numa grande mangueira, tirou os óculos de grau, passou a mão na testa suada e respirou fundo.

Preguinho sinalizou positivamente com a cabeça para o irmão e chamou Bocudo num canto. Acotovelou-se num túmulo alto de cimento armado e, sussurrando, contou ao amigo ruivo o que Flauta havia lhe dito sobre a cruz de bronze que balançara sem controle na parede da sua casa na noite anterior. Pediu para que ele jurasse que não ia tocar no assunto naquele dia, pois o irmão mais novo parecia ainda muito abalado com toda a situação desencadeada pelo tal "tabuleiro de *Ouija*".

— Flautinha, então foi você que fez a porra da cruz da sua mãe mexer na parede? — gritou Bocudo, enquanto corria até o cabisbaixo Flauta, para desespero de Preguinho.

— Bom... eu... Preguinho! Eu falei pra você não contar pra ninguém! — respondeu Flauta, com a voz triste, olhando para o tênis branco novo em folha que havia ganhado dos pais naquela manhã. Ele e o irmão, por ordens da mãe, só costumavam usar roupas e sapatos novos aos domingos.

— Conta mais, meninão! — Bocudo parecia perder o controle com tanta curiosidade — E os brinquedos no quarto? Foi você que ligou todos de uma vez também? E aquela gritaria? E a televisão? E o Guilherme Arantes?

— Não! Quem fez aquele barulho todo foram os meus amigos do...

Um tranco forte acompanhado de um rangido de metal batendo contra o concreto foi ouvido no portão do cemitério e interrompeu a resposta de Flauta. No susto, os três garotos olharam e viram o indefectível vulto do "Seu Dito Lobisomem" subindo o caminho central a passos lentos e arrastados, com a mão direita enfaixada e uma enxada velha apoiada sobre o ombro esquerdo. Antes que pudessem inventar uma desculpa por terem "invadido" o cemitério antes da hora de abrir, ouviram uma voz grave e rouca de nicotina ecoar entre os azulejos e os mármores dos túmulos.

— O que que vocês tão fazendo aqui, criançada? Morreu alguém que eu não sei?

— Nada... seu Dito! Viemos rezar pela alma dos nossos parentes mortos, só isso! Lembra da tia Adelaide? Tadinha, né? Morreu velhinha de tudo, mas era uma belezinha! Tava rezando e chorando no túmulo dela! Dá dó de quem morre, né? A morte é uma coisa muito filha da puta, né? Ah, e o senhor tá bem? Tão falando que o senhor... ah, que a porra de um bicho desconhecido mordeu a mão do senhor e tal... — comentou Bocudo, com a cara de bonzinho mais falsa do mundo e um sorriso amarelo estampado entre as sardas. Preguinho cutucava as costelas dele insistentemente, como se lhe dissesse: "Não diga besteira!".

Sem parar de andar e sem dirigir-lhes o olhar mortificado e alaranjado, "Seu Dito Lobisomem" apenas coçou a barba farta e passou silencioso feito uma alma penada entre os garotos. Os amigos entreolharam-se e perceberam que aquele era o momento. Abalados pela energia negativa emanada pelas pupilas dilatadas e adoentadas do velho coveiro, iniciaram uma correria descontrolada até o portão do cemitério. Antes de fechá-lo e desaparecer ladeira abaixo junto com seus amigos, Jonas Bocudo parou, olhou para trás e viu seu Dito ajoelhado perante a imagem do Jesus Cristo crucificado. O velho coveiro parecia em transe, de cabeça baixa e mãos juntas, rezando em voz alta e perdendo-se entre frases desconexas.

Debaixo de um céu azul e ardendo sob o sol já escaldante das quase dez da manhã, seu Dito, enquanto fazia orações de católico praticante que nunca fora, virava a cabeça e olhava para os lados e para cima. Parecia à procura de algum sinal da tempestade que viu destruindo todo o cemitério e quase tirara sua vida na fatídica madrugada do dia anterior, de sexta para sábado.

Ao reparar no chão duro e seco, aliviou-se. Agradeceu a Deus, imaginando que, talvez, o bicho que quase estraçalhou sua mão fosse venenoso e o tal veneno tivesse causado apenas alucinações e pesadelos. O doutor Braga, médico que cuidou dele no início da manhã anterior, parabenizou-o pela sorte que teve em não ter morrido, pois, caso fosse uma cobra venenosa, não havia soro antiofídico disponível naquele momento no posto de saúde local e nem nas proximidades.

Depois de muitas orações e gestos mecanizados e confusos perante a estátua de Cristo, seu Dito levantou-se e caminhou até o túmulo de mármore preto, onde depositava os tesouros surrupiados dos cadáveres. Abaixou-se, mas não teve coragem de enfiar a mão no "cofre de Deus", como apelidara o buraco. A tempestade, os raios, os urubus, os ratos, a inundação de sangue e o Cristo agonizante lhe dirigindo a palavra pareciam-lhe, agora, apenas efeito da droga potente injetada pelas presas daquele animal, fosse ele qual fosse. Já os imensos cortes e furos da mordida na mão direita e o sangue coagulado que manchava a parte lateral do túmulo eram tão reais quanto sua sede infinita por joias, pinga Amélia e dinheiro ilícito. Num breve relance, imaginou ver algo se movendo dentro do buraco aberto na base do jazigo. Agarrou um galho seco de árvore que estava caído ali perto e cutucou o orifício até atingir o que parecia ser a profundidade máxima. Tudo o que ouviu foi o tilintar do ouro, da prata e das pedras preciosas chocando-se. Nada do animal desconhecido. Como o som da riqueza lhe acalmava a alma como se fosse um afago de mãe, seu Dito estampou o primeiro sorriso do dia no rosto enrugado e maltratado. Levantou-se, pegou sua enxada e tomou rumo cemitério afora. Ao fechar o portão, descer por uma pequena rampa atrás da igreja e passar pela porta aberta da sacristia, o padre Argemiro chamou-o.

— Seu Dito! Que bom ver o senhor bem! A dona Esmeralda me falou na confissão que o senhor tava nas últimas. Povo de cidade pequena é fofoqueiro mesmo, Deus me livre! Mas deixa isso pra lá! Vem aqui, por favor! Essa semana tem coisa boa!

Como se já soubesse do que se tratava, o coveiro expôs a dentadura ao sol num sorriso largo, ergueu os braços e gritou um "Amém!". Entrou radiante na sacristia e fechou a grande porta de madeira pintada com tinta a óleo.

— Seu Dito! Fiquei sabendo que o senhor foi mordido por um bicho no cemitério, de sexta pra sábado, depois do enterro da dona Dulce. Então! Tenho que lhe confessar uma coisa, mas é sigilosa! Eu aprendi com Deus sobre como matar os efeitos do veneno de qualquer bicho dessa Terra! Afinal, foi ELE quem criou todos eles, não foi? — perguntou o padre Argemiro, animado, já pendurando a batina nas mãos postas em oração de uma antiga e malpintada imagem de Santo Antônio. O sacerdote virou-se, abriu uma enorme gaveta, removeu vários objetos religiosos cheios de teias de aranha e pó e sacou uma garrafa lá de dentro. — Tá vendo isso aqui? Dá pra ver o que tem dentro? Tá vendo? Tem um filhote de cascavel nadando na cachaça, seu Dito! Quero ver se o senhor tem a coragem que o povo fala e aguenta mesmo o tranco! Vem aqui! Pra comemorar a sua cura, nós vamos tomar a garrafa toda pra abrir o apetite! Vai ter um almoção no salão paroquial hoje! A dona Inês, aquela cozinheira famosa lá do bairro do Souzas, é que vai fazer! Mas dá tempo da gente bater um papo antes! — concluiu o padre, já sacando a rolha da velha garrafa com os dentes, chacoalhando a pequena cobra lá dentro e servindo a bebida em duas taças que pareciam ser de ouro.

— Ô, padre Argemiro! Quanta gentileza. O senhor tá me deixando é mal-acostumado. Na semana passada, foi a mesma coisa. Cheguei tão travado em casa que dormi o domingo inteiro — respondeu seu Dito, reclamando de brincadeira e exalando felicidade com o convite. — Mas, olha, eu tava precisando mesmo disso aqui! Um brinde!

— "Tim, tim!", seu Dito! À sua saúde! — disse o padre, brindando com o amigo e tomando metade da taça de pinga num gole só. — Mas me conta aqui! O que foi que aconteceu com o senhor? O povo daqui da cidade fala demais! Se tem um povo que fala, é esse, Deus me livre e guarde! Quero ouvir tudo da sua própria boca, porque a verdade é o que me interessa! Somos amigos de longa data, não somos? Nossa Senhora Aparecida tá de testemunha! — concluiu, dirigindo a taça como se brindasse à imagem da mãe de Jesus Cristo pintada a óleo num quadro pendurado na parede.

— Mas, padre, será que não vai chegar ninguém? Imagina se pegam a gente bebendo pinga aqui? E não tá na hora da dona Sílvia vir limpar a igreja? No domingo passado, quase que...

— Nada, seu Dito! Relaxa! Eu já orientei todas essas beatas safadas! Disse pra elas que todo domingo, depois da missa, eu fico aqui recolhido em oração ao Santíssimo! Frisei que não gosto e nem quero ser interrompido! Uma mentirinha aqui, outra ali, não faz mal a ninguém, não acha? Deus perdoa! E essas senhoras me obedecem que é uma beleza! Nem te conto... é cada favorzinho... — interrompeu o padre, rindo com o mesmo tom macabro que o ator Vincent Price utilizou ao gravar sua gargalhada no final da música *Thriller*, do cantor Michael Jackson. Ele encheu mais uma vez as duas taças com cachaça batizada com cobra.

Depois de mais de uma hora de conversa regada a pinga, risadas e fofocas, um silêncio tumular tomou conta da sacristia. Seu Dito contou ao padre os mínimos detalhes do ocorrido na madrugada do dia anterior no cemitério, sob os olhares paralisados de religioso.

— Padre, agora, me diz com sinceridade... — o velho coveiro quebrou o silêncio enquanto encarava uma viúva-negra descendo lentamente por uma teia que vinha do telhado. — Eu sei que foi tudo alucinação da minha cabeça velha por causa da mordida do bicho, mas... será que Nosso Senhor Jesus Cristo tava querendo mesmo me dizer alguma coisa? O Filho de Deus conversou comigo, disso eu tenho certeza! E tudo me pareceu muito real! Ele me disse que eu precisava arrumar "treze almas estragadas" e "treze corações intactos" pra ele até o domingo de Páscoa. Ele falou desse jeitinho mesmo. "Almas das piores pessoas que eu conhecer". Foi alguma coisa assim. Tenho certeza de que ouvi isso, não tô maluco. E acho que nem tinha bebido tanto assim! — concluiu seu Dito, tentando firmar a voz trêmula, mas já exibindo evidentes sinais de embriaguez. Virou as últimas gotas da pinga da garrafa direto na garganta. Dentro do recipiente da pinga – da marca "Tatuzinho" – só sobrou o pequeno filhote de cascavel mumificado pelo álcool sabe-se lá há quanto tempo.

— Seu Dito, seu Dito... vou te dizer uma coisa, mas não quero assustar o senhor! — O padre fez uma pausa, olhou para a estátua de Santo Antônio e esfregou as mãos. Depois, abriu uma das gavetas da mesa da sacristia e continuou: — Eu vejo tanta sinceridade e tanta verdade nas suas palavras que imagino que isso deve ter acontecido mesmo. Não parece ter sido só alucinação, não! Afinal, evocar as palavras de Jesus Cristo com tanta emoção e sinceridade assim na voz não é coisa de gente mentirosa. — Pegou a garrafa da mão do amigo e puxou a pequena cobra ressecada de dentro dela com um pedaço retorcido de arame que tirara da gaveta. — Conheço o senhor há muito tempo e sei que é uma alma bondosa, incapaz de mentir — concluiu, com as pontas do dedão e do dedo indicador já agarradas no guizo da pequena cascavel. Puxou o bicho morto de dentro do recipiente de vidro e o levou à boca. Começou a mordiscar a ponta do rabo. A crocância e o barulho do guizo pareciam satisfazer seu paladar, a julgar pela indisfarçável expressão de prazer estampada no rosto pálido de padre de longa data.

— Mas então, padre... o que que eu devo fazer? Obedecer às ordens de Nosso Senhor Jesus Cristo? Vou ficar com a consciência pesada se não fizer nada. Mas o que que eu devo fazer, pelo amor de Deus? — Inquiriu o coveiro, aumentando o tom da voz lamentoso e já envolto em visível desespero. — Olha, eu tenho que confessar que eu não sou a melhor pessoa do mundo, não. Já cometi e cometo muitos pecados. Qualquer dia eu confesso um por um pro senhor, mas já aviso que o senhor vai ter que ter muita paciência.

E prometo que não vou só falar das minhas bebedeiras. Mas... — Seu Dito parou de falar, coçou a cabeça, juntou a mão machucada à outra e olhou para uma pintura que retratava uma passagem sangrenta da Via Sacra. Fez alguns segundos de um típico silêncio contemplativo, digno das pessoas mais beatas, e continuou: — Mas o senhor acha que eu seria capaz de matar alguém? É isso que o Nosso Senhor Jesus Cristo quer que eu faça? Mas, fazendo isso, eu não vou pro inferno? Pelo amor de Deus, me oriente, padre! Tô perdidinho! Tô num beco sem saída e só o senhor pode me ajudar! — O velho fez mais alguns momentos de silêncio, olhou no fundo dos olhos do padre Argemiro e prosseguiu: — Ah! Lembrei de uma coisa! Nosso Senhor me disse também que é pra resolver tudo isso até o final da quaresma. Pelo amor de Deus, padre... me ajuda...

— Seu Dito, seu Dito... é tudo muito complicado e muito recente, mas vamos fazer o seguinte. Vou entrar em um período de orações e meditar muito pra tentar entender a situação do senhor. Eu aviso quando tiver algum tipo de resposta plausível pra te dar, tá certo? — falou o Padre Argemiro, olhando nos olhos, a sete palmos do coveiro. — Bom! Vamos almoçar agora? Já é quase meio-dia! — Abriu uma gaveta e pegou a chave da porta da sacristia. Arrebanhou também algumas balas de hortelã para disfarçar o hálito da cachaça que acabara de beber e o gosto estranho da cobra que acabara de mastigar e engolir. — Ah, já tava me esquecendo! O senhor separou a minha parte da doação que tirou do caixão abençoado da nossa querida dona Dulce Martelli? Ela era tão boazinha, não concorda? Me confessava detalhes de sua vida de rica como se sentisse culpa por ter tantas posses nessa Terra de meu Deus! Que descanse em paz, coitadinha! Sua caridade celestial é muito bem-vinda agora, entre nós, pobres mortais! Mas vamos precisar de muito mais! — concluiu o religioso, enquanto "Seu Dito Lobisomem" tirava um broche de ouro do bolso e lhe entregava. Envoltos em olhares sorridentes, confidentes e financeiramente satisfeitos, os amigos abraçaram-se, tentando conter as gargalhadas.

— Esse broche não é da dona Dulce, não! — falou seu Dito. — Ela tava com um lindo terço enrolado nas mãos e ele tinha um crucifixo de ouro bem grande na ponta. Eu peguei a doação dela, mas joguei no "cofre de Deus" no dia que fui mordido pelo bicho. E olha, padre. Não vou enfiar a mão lá de novo tão cedo. Por enquanto, o senhor fica com esse broche mesmo. Acho que é até mais caro do que o crucifixo!

Tentando disfarçar a embriaguez que já lhe revirava os olhos e atrapalhava sua a voz, o padre Argemiro apenas concordou com a cabeça, sorriu agradecido e guardou com rapidez a joia em seu cofre particular, que ficava atrás da imagem de Santo Antônio. Saiu da sacristia e trancou sua porta sob os olhares de duas beatas que se aproximavam, visivelmente preocupadas com o seu sumiço e já lhe dizendo que o almoço estava esfriando. Seu Dito também acompanhou o padre. Pegou sua velha enxada, apoiou-a nas costas e caminhou ao lado do religioso rua abaixo, até a entrada do salão paroquial, onde se despediu após o convite para o almoço, dizendo que não estava com nem um pingo de fome. Era mentira. Ele não gostava mesmo era das beatas fofoqueiras da cidade.

O velho coveiro desceu a rua da igreja bêbado, cabisbaixo, pensativo, tateando a memória em busca de algo em que pudesse agarrar-se para não entrar em estado catártico de desespero e confusão mental. Ao chegar no local que os lobatenses batizaram de "praça de cima", passou ao lado de um banco onde Jonas Bocudo, Preguinho e Flauta conversavam e riam feito crianças que eram. Os garotos pararam imediatamente de falar de figurinhas e videogames e acompanharam com olhos silenciosos os passos do homem, que pareciam cada vez mais pesados de álcool.

— O que foi, molecada? Nunca viram um coveiro cachaceiro perdido e amaldiçoado pela vida, não? — seu Dito empunhou sua enxada como se fosse uma arma e aproximou-se dos meninos. — Olha, eu não tô bem da cabeça, não! Eu tô é procurando gente ruim! Mas ruim mesmo! Se souberem de alguém que tenha feito alguma maldade, me avisem! — O homem esperou alguns segundos por uma resposta que não veio e disse: — Olha, eu sei que vocês ainda não têm maldade na alma e nem pelo no saco, mas tomem cuidado! Se me der na telha, eu mando vocês pros quintos dos infernos também! — Ele respirou fundo, parou por um tempo e gritou: — Ah, vão se foder, molecada!

Tomados pelo medo que lhes impregnou as almas ainda imaculadas, os meninos levantaram-se num pulo e desceram correndo a rua da padaria sem olhar para trás. Enquanto corriam e quase tropeçavam uns nos outros, tudo o que ouviam eram as gargalhadas desafinadas e roucas do "Seu Dito Lobisomem". Ao aproximarem-se da mureta do posto de saúde da cidade, os irmãos Preguinho e Flauta viram o pai saindo da padaria próxima com um pacote rosa debaixo do braço. Seu Gilmar viu-os, aproximou-se e disse, rindo, com a voz impregnada de ironia:

— Brincando de pega-pega de novo? Ou viram uma assombração?

— Vimos um fantasma, seu Gilmar! — respondeu Bocudo, com uma dose tamanha de atrevimento que fez com que Preguinho lhe desse uma "paulistinha", socando o joelho na coxa direita dele. — O senhor não acredita nessas porras de fantasmas, não?

— Ah, já sei, é aquela história do... — Seu Gilmar caiu na gargalhada antes de completar a frase.

— Coveiro? — perguntou o pequeno Flauta, atônito, ajeitando os óculos embaçados que escorriam pelo nariz suado.

— Não. Aquele jogo de espíritos que eu achei dentro do guarda-roupas de vocês. Aquele do filme da Netflix — respondeu seu Gilmar, encostando-se ao lado dos garotos na muretinha do posto de saúde. — Olha, eu sempre gostei de filmes de terror, mas esses de hoje são muito ruins. Umas porcarias! Bom mesmo eram os filmes da "Hora do Pesadelo", do "Exorcista" e "A profecia um, dois e três". E tem outra coisa! Essa tal de tábua de Ouija é coisa de maluco que acredita em tudo... é coisa de gente que não tem o que fazer na vida... ou na morte!

— Mas, papai... aquela tábua funcionou com a gente ontem... — O pequeno Flauta tentou argumentar, mas foi interrompido.

— Ah, funcionou, é? Olha, se vocês não forem embora agora pra casa, o que vai funcionar é a cinta da sua mãe no lombo de vocês! Vamos! Já pra casa almoçar! Tá convidado também, seu moleque Bocudo! — Seu Gilmar olhou para o garoto ruivo, torceu a boca, ergueu as sobrancelhas e disse: — Ah, agora entendi! Aquele jogo do inferno só pode ser seu, né, moleque boca suja? Você não toma jeito mesmo! E esse ano? Vai repetir o quarto ano de novo? Vê se se arruma na vida, garoto!

— Seu Gilmar, a porra do jogo é meu, sim, e eu repeti a merda do ano sim, e daí? O senhor tira sarro agora, mas quero ver quando o senhor ver o negócio do Ouija da África Setentrional funcionando de verdade. Vai tremer de medo e mijar nas calças, isso sim! Só quero ver! Esses fiozinhos de cabelo que sobraram na merda da sua careca vão ficar é em pé! — respondeu Bocudo, andando de costas para tomar distância de seu Gilmar.

Depois de tentarem segurar as gargalhadas impulsionadas pelas palavras petulantes do amigo Bocudo e de vê-lo correr em disparada rua acima como se fosse um porco ensebado fugitivo, Preguinho e Flauta foram agarrados pelas orelhas e conduzidos até a cozinha, onde dona Anita lavava louça. Seu Gilmar, apesar de nunca, nem mesmo bêbado, ter encostado a mão nos filhos com maldade, às vezes brincava de "lutinha" com eles e, fora alguns leves hematomas, muitas vezes a brincadeira divertia-os, apesar das constantes reprovações e lamentos da mãe.

CAPÍTULO 4
O RITUAL SAGRADO DA CONFISSÃO

Mesmo depois de transcorridos três dias do caso da mordida do animal do cemitério, "Seu Dito Lobisomem" não conseguia desviar a mente dos pesadelos. Quanto mais o ócio pela falta de mortos na cidade e o passado miserável lhe corroíam a alma, mais ele entornava sua cachaça sagrada. Morando em frente ao campo de futebol da cidade, contentava-se em passar as horas vendo os treinos dos times locais e ouvindo os programas policiais sensacionalistas no velho Motoradio de quatro pilhas. "Pena que o Gil Gomes já morreu! Melhor que ele, não tem!", pensava, lembrando-se do velho locutor de tragédias e violências mil. Todos os moradores da cidade, sem exceção, depois do acontecimento no cemitério, passavam em frente à casa do coveiro munidos de olhares inquisidores e, muitas vezes, assustados. De poucas palavras, seu Dito só coçava a barba branca e ensebada e acenava para eles com a cabeça, enquanto a pinga Amélia lhe descia rasgando a garganta feito uma dúzia de giletes enferrujadas. O apelido "Lobisomem" lhe fora dado pelas inúmeras vezes que fora visto vagando de madrugada pelas ruas da cidade e, principalmente, dando voltas em torno do tão falado cemitério. Era considerado uma lenda viva entre as crianças locais que, apesar do medo que sentiam, gostavam de provocá-lo aos berros. "Ô, Dito Lobisomem! Já comeu a vovozinha hoje?", "Seu Dito! Vira lobisomem pra gente ver!" eram algumas das frases que o velho ouvia com frequência e pelas quais já nem se sentia mais incomodado. Assumiu com bom humor a pecha mitológica do "Lobisomem" e acabou transformando-se numa criatura ainda mais misteriosa, quieta e solitária do que o próprio monstro. Desde que se mudara para a cidade, o seu melhor amigo sempre fora o padre Argemiro, por quem, além de uma espécie de "sociedade" lucrativa, nutria grande admiração e respeito. Sempre que sabia de algum lobatense "de posses" que estava prestes a ir para o céu ou para o inferno, o religioso incumbia os familiares, já aproveitando o segredo essencial da confissão católica, de depositarem no caixão do parente morto a coisa mais valiosa que este possuía em vida. De dentro do confessionário de madeira habilmente talhada e oculto por um véu fino, o padre disfarçava e tentava passar uma imagem de "boa fé", declamando um sermão decorado e em voz sussurrada: "Se a família possuir anéis, colares e terços de metais e pedras preciosas que pertenceram ao ente querido e que ele admirava em vida, seria bom, mas qualquer margarida, rosa ou flor silvestre também serve! Deus é justo, meu querido! Você deve estar se perguntando se o Senhor precisa realmente desses objetos valiosos, não é? Mas é claro que sim! Veja os exemplos magníficos dos antigos egípcios! Eles eram tão sábios que confeccionavam os sarcófagos e as máscaras dos seus mortos poderosos em ouro maciço e pedras preciosas. Tudo isso com o único e sagrado objetivo de agradar às suas divindades. Deus, meu querido irmão, gosta de pessoas bem-sucedidas, mas não é maldoso e mesquinho a ponto de desprezar as pessoas frustradas que não conseguiram nada na vida. Claro que é óbvio que um anel de ouro e pedras preciosas permanecerá no caixão zelando pelo seu familiar eternamente. Já as margaridas ou as rosas, por mais bonitas e coloridas que pareçam, perecem, perdem a cor e morrem em poucos dias. Pense bem a respeito na hora de decidir! Seu ente querido merece ou não que o objeto oferecido o acompanhe por toda a eternidade?", finalizava ele com chave de ouro, num tom de voz de dar inveja a qualquer anjo do céu.

Depois de um dia quente, tedioso e sem um treino sequer de futebol para matar o tempo livre, "Seu Dito Lobisomem", após entornar quase um litro de cachaça, lembrou-se de que o padre Argemiro confessava os fiéis também às terças-feiras, às sete da noite. Tomou um banho frio e rápido no final da tarde, vestiu seu terno surrado e saiu de casa com a intenção de esfregar mais uma vez seus pecados na cara do amigo sacerdote. As confissões giravam quase sempre em torno dos lucros obtidos nos enterros e eram sempre tão divertidas e bizarras que ele não perdia a oportunidade. Saiu de sua casa, subiu pela rua da escola Sonnewend, foi provocado por alguns bêbados que se divertiam no antigo bar da esquina da praça de cima, mas não parou. Seus passos pesados de quem se afunda em areia movediça denunciavam a enorme quantidade de pinga Amélia que havia ingerido. O velho bêbado subiu pela rua da igreja já escorando no chapisco antigo do muro pintado com cal. Ao atingir o alto do morro, ofegante e com ânsia de vômito, apoiou-se na porta do templo católico e reparou em duas beatas que saíam com as línguas pingando fogo de tanto que fofocavam. As religiosas benzeram-se ao sentirem o cheiro de cachaça e ao verem a mão direita do coveiro já sem os curativos. Uma delas levou a mão à boca e arregalou os olhos ao observar a parte de cima da mão do coveiro cheia de buracos profundos, com bordas arroxeadas. Notando que era literalmente incendiado por quatro olhos dignos das labaredas da Santa Inquisição Católica, "Seu Dito Lobisomem" não perdeu tempo. Esticou o enorme e calejado dedo médio e o levou à boca, cutucando as bochechas por dentro, num entra-e-sai frenético, simulando algo que o padre Argemiro lhe contara em detalhes. As duas velhinhas emitiram alguns grunhidos indecifráveis, apressaram o passo e desviaram o olhar acusatório, esboçando expressões mistas de nojo e susto. Seu Dito riu alto, apontou o mesmo dedo médio lambuzado de saliva para as mulheres, aprumou o peito, ajeitou a barba e entrou na igreja. Benzeu-se como um religioso de vida toda diante do corredor central e caminhou pelas laterais do templo, apoiando-se de banco em banco até chegar na grande fila que se formava ao lado do confessionário de madeira. Depois de dez pessoas atendidas e mais de quarenta minutos de uma infernal espera, chegou a vez do velho destilar seus pecados. Ele se ajoelhou e, ao inspirar e expirar como um boi zebu diante do padre, logo foi repreendido:

— Ô, seu Dito! O senhor bebeu de novo? — foi a primeira coisa que o religioso perguntou ao sentir o aroma de cana penetrar pelos furinhos da madeira talhada.

— Pois é, seu padre! Bebi e beberei sempre, com a graça de Deus e de Santa Amélia! Como diria aquele velho que já morreu, o Jânio Quadros, "Bebo porque é líquido, se sólido fosse, comê-lo-ia!" — respondeu o coveiro, tropeçando nas palavras e fazendo o padre levar a mão à boca para conter as gargalhadas.

— E aí, já se divertiu um pouco com a herança da dona Dirce? — perguntou o padre, já se recompondo.

— Nada, seu padre! Eu tava até pensando em ir pra São José pegar umas putas na boate "Estrela", mas esta semana não deu... eu tô bebendo demais, vossa Santidade! Jesus amado! Tô atordoado desde o dia em que o bicho me mordeu. Confesso pro senhor que fiquei é impressionado com aquilo tudo. Parecia que tinha acontecido de verdade... se bem que a mordida foi de verdade, olha a minha mão como tá...

— Mas o senhor tá bom já! É só beber menos, relaxar e se divertir com o dinheiro. Deixa pra beber só nos domingos depois da missa, comigo, seu Dito! E vê se esquece essa história de animal do inferno, pelo amor de Deus! Isso aí foi algum arame farpado que tava dentro do túmulo, sei lá...

— Padre, eu vou confessar uma coisa pro senhor! Não tô conseguindo pensar em diversão e putaria nesse momento, não! Gosto, mas não tô com cabeça. Tô preocupado com meus pecados, acho que tem alguma maldição vindo pra cima de mim. É algo que tá até tirando o meu sono. Será que fizeram algum trabalho ruim pra mim? O senhor acredita que eu sonhei com o animal que estraçalhou minha mão no cemitério? Foi um sonho horrível e muito real, pode acreditar. Não sou de mentir!

— Seu Dito, o senhor tem que relaxar! — O padre tentou aliviar o amigo, com sua voz empostada e carregada com um leve sotaque italiano. — Olha, fora os pecados da bebedeira e do sexo com as primas de São José que eu já sei de cor e salteado, o senhor tem mais alguma coisa nova pra me contar? Hoje o povo parece que tirou o dia pra vir aqui me encher o saco! Confessei tanta gente maluca e ouvi tanta coisa, meu amigo... o povo dessa cidade tem muito o que pagar pra Deus! Ô, povo pecador...

— Conta pra mim, padre? — resmungou seu Dito, com malícia e veneno de serpente escorrendo pelos caninos proeminentes de resina. — É muita putaria, é?

— Muita! E das braba! O que tem de gente ruim e de gente sacana nesse mundo, seu Dito... não tá escrito...

— Seu padre! É esse o negócio que eu queria falar pro senhor, mas que eu não tava lembrando. Agora, sim! Gente ruim! Tem muita gente ruim em Monteiro?

— Seu Dito... tem e não é pouca, não! É muita! Só eu sei! Olha! É cada pecado, cada malvadeza, cada passagem de ida já paga pro inferno que o senhor não acreditaria se eu te contasse — o padre fez uma pausa calculada, respirou fundo e continuou: — Mas, como o senhor sabe, as conversas no confessionário entre nós, padres, e os fiéis, são assuntos destinados exclusivamente a nós e a Deus!

— Ah, padre, conta uma aí! Somos amigos e Deus não vai se importar! Amizade verdadeira não agrada a Ele? Juro por Ele mesmo que não conto pra ninguém!

— Não, seu Dito! O Vaticano não permite!

— Ah, é? O Vaticano não permite? Então, tá! Escuta só o que eu tenho aqui! — retrucou seu Dito, enfiando a mão esquerda no bolso da frente da calça de tergal e chacoalhando objetos que emitiam sons metálicos ao chocarem-se entre si.

— Opa, seu Dito! Aí, sim! Deus é a favor do diálogo também — respondeu sem titubear o padre, já esticando a mão para fora do confessionário, entre as cortininhas, e agarrando um anel e um broche de prata da mão do coveiro.

— Esse anel e esse broche foram presentes que Deus me deu lá num túmulo de Santana, em São José, há muito tempo. No velório, ouvi dizer que a dona deles era uma mulher muito, mas muito ruim. Mas não se preocupe, padre! Agora são riquezas purificadas, benzidas, e estão liberadas pras obras do Senhor! — Seu Dito percebeu que havia se exaltado e que estava falando alto. Respirou, regulou o volume da voz e sussurrou, bem baixinho: — Mas, padre, vai! Agora conta tudo! Desembucha umas putaria braba aí!

— Seu Dito, seu Dito! Já que o senhor tá curioso como uma beata e foi muito generoso com Deus, vou te contar um pecado dos piores. — O padre fez um silêncio seguido de um sorriso malicioso. — Sabe a dona Francisca, aquela professora casada com o Anastácio, da loja de bugigangas? Lá da loja de "1,99"?

— Sei, sim! Aquela boazinha que sempre dá brinquedinhos pras crianças no natal? Ela sempre passa em casa e me dá alguma coisa também. Talvez ela pense que eu sou um mendigo ou algo assim. Mais dia, menos dia, ela passa lá no meu canto e me dá calça, blusa, chinelo. E ela ajuda muitos pobres da cidade também. Ah, e tem mais! Ela vai algumas vezes por semana pra ajudar no asilo. Já vi ela lá. Conversa com os velhinhos, dá banho, faz comida. Uma belezinha ela! Mas... me conta aí! O que essa cordeirinha enviada por Deus tem de loba faminta? Conta, conta? — instigou seu Dito, cutucando com a unha suja um calo estourado na palma da mão.

— Pois é, seu Dito! Conheço muito bem as obras de caridade e os rompantes de bondade da dona Francisca. E que bondade, valha-me Deus! —

O padre respirou e emitiu um gemido quase envolto em tons eróticos. — Ah, o Sérgio Muleta que o diga! Conhece o Sérjão Muleta lá do bairro do Souzas? Aquele grandão que é zelador da escola do bairro? Então, rapaz! A dona Francisca me disse hoje que tá muito confusa e arrependida de tudo o que faz com ele por aqueles lados. Seu Dito do céu! Quando ela fala dos detalhes, chega a suspirar e gemer baixinho... sabe aquele negócio de "uma dama na sociedade e uma..."

— Nossa, padre! — interrompeu o velho coveiro, também sussurrando. — Mas, olha! A dona Francisca não é bonita só por dentro, não! É uma belezinha por fora também! Não é de se jogar fora! Conta mais! Safada...

— Seu Dito, ela me disse que vai três vezes por semana lá no Souzas pra fazer a merenda da escola pros alunos e tal! Mas, na hora do almoço, enquanto a criançada tá devorando a sopa de macarrão... aí é que tudo acontece...

— Conta, padre! Desembucha!

— Ela confessou pra mim que o Sérjão Muleta aparece lá de moto e leva ela pra um morro lá pra cima da "Casa de Pedra". É um lugar tão afastado e tão no meio do mato que ela não sabe nem dizer direito onde é! Só diz que se lembra que tem um grande e escuro bambuzal do lado. Ela também me confessou que, na primeira vez, ele foi chegando nela devagar, com um papo romântico, e ela não aguentou de curiosidade. Sentou na garupa da moto e partiu morro acima, bambuzal adentro, morro acima, bambuzal adentro! — concluiu o religioso, chorando baixinho de tanto rir e enxugando as lágrimas que escorriam batina abaixo.

— Ah, seu padre! — respondeu seu Dito, rindo o dobro e tentando conter as lágrimas que escorriam pelos vincos profundos e ensebados de suas bochechas. — Nossa, que mulherzinha pecadora, hein? É dessas que eu gosto! Safada...

— O senhor não sabe do pior, seu Dito! Toda semana, faça sol ou faça chuva, ela vem, confessa a mesma coisa e me conta outros detalhes sórdidos que nem tem como sair falando! Ela desembucha tudinho e, depois que eu sapeco umas duzentas orações para a penitência, ela diz com uma vozinha malvadinha, envergando o beicinho: "Padre, o pior de tudo é que eu gosto! Gosto muito!".

— Safada! — disse seu Dito, em voz alta, arrastando os "as" das sílabas e assustando duas crianças atrás dele que inventavam "pecados" para a hora da confissão. — Mas o marido dela, o Anastácio, é tão gente fina. Tão trabalhador! Coitado! Essa mulherzinha vai ter o que merece, um dia! A justiça de Deus não falha, né, padre?

— E o que o senhor acha que ela merece, seu Dito? — A voz do padre ficou séria e muito mais grave e "italianada" de uma hora para outra. Como se já soubesse da resposta, o religioso apenas respirou fundo e aguardou.

— Padre! O senhor perguntou isso desse jeito, na lata, e me fez lembrar de outra coisa que eu já tava esquecendo — respondeu o coveiro, também com um tom mais pesado e mais sinistro na voz. — Vou te perguntar uma coisa, mas fica só entre nós, pode ser? — Seu Dito apertou os olhos e aproximou o rosto do confessionário, como se tentasse enxergar a cara do padre pelos buraquinhos da madeira. Depois de um silêncio seguido de um "sim, pode perguntar" bem baixinho emitido pelo religioso, seu Dito voltou a falar: — Padre, do fundo do seu coração católico sem pecado, do fundo da sua alma de homem de bem que intercede perante a Deus, nosso Senhor! O senhor acha que Jesus Cristo apareceu mesmo pra mim naquela noite da mordida do animal? Eu tenho certeza absoluta de que ELE apareceu e me deu aquela missão. Eu tô tão impressionado que não tenho dormido direito e tô enchendo a cara todo dia por causa disso. Se isso tudo for verdade mesmo e ELE realmente me passou essa missão de vida, como posso recusar? Sou temente a Deus de um tempo pra cá, o senhor sabe disso! Essa dúvida tem me atormentado desde o dia em que me encontrei com o nosso Salvador até hoje! Se eu não resolver essa pendenga logo, vou acabar morrendo de tanto beber e posso até infartar com os pesadelos que tô tendo! Toda madrugada acordo com o coração dando pontapés nas costelas! Lembra daquele filme do "*Alien*" que o senhor passou no salão paroquial? Aquele que um bicho feio explode e sai de dentro do peito do homem humano? Então! Meu coração tá daquele jeito!

— Seu Dito, seu Dito! Eu pensei durante esses dias todos a respeito da sua história e vou lhe dar o meu veredito! É a minha opinião, a opinião de um homem que estudou as obras de Deus e da Bíblia Sagrada durante uma vida inteira. Na minha humilde visão, a fé católica e recente do senhor tornou-se tão poderosa neste ano que o fez acreditar ter visto Nosso Senhor Jesus Cristo pessoalmente. Acho que o veneno do bicho ou o arame farpado ou o que quer que seja que tenha machucado sua mão pode ter sido o responsável por essas visões. Ou até a pinga Amélia, sei lá. Tem tanta bebida adulterada no Paraguai hoje em dia. Mas, olha! Apesar de tudo isso, nada impede que o senhor tenha o livre arbítrio de se perguntar se quer ou não obedecer às ordens do homem que sofreu na cruz por nós! ELE merece que o senhor O esnobe, que não atenda aos SEUS pedidos?

— Seu padre! Não fala isso! Como posso recusar uma ordem celestial que tá fincada com um prego na minha cabeça? O senhor acha mesmo que se fosse por causa do veneno do animal ou da pinga, eu ainda estaria sonhando com isso? E tem mais! Jesus sofreu por nós na cruz! Como não retribuir esse sacrifício? Olha, tá decidido! Seja o que ELE quiser! Eu vou atender ao pedido sagrado do Nosso Senhor e não tem diabo na Terra que me impeça! Não quero morrer de cirrose com esse peso na consciência e nem consigo imaginar a minha alma queimando no inferno com aqueles...

— Deus é piedoso e justo, seu Dito! — interrompeu o padre, já enjoado com o cheiro de cachaça que parecia lhe invadir as narinas com mais intensidade. — Converse com ELE, com o filho DELE e tome a sua decisão! ELES vão ajudar o senhor a suportar as consequências do que quer que seja! Eu apoio a sua decisão, seja ela qual for, e absolvo os seus pecados desde já! Em nome do Pai, do Filho e do Espírito Santo, Amém! Mas, me diga só mais uma coisa! Quantas almas e quantos corações intactos ELE disse que quer mesmo?

— Treze almas das piores pessoas que eu conhecer e treze corações intactos! É isso! — respondeu "Seu Dito Lobisomem", com a voz grave, robotizada e decidida. Socou a tábua do confessionário com o punho fechado da mão esquerda e levantou-se num pulo. Saiu apressado corredor afora, sem esperar pela quantidade de orações que teria que rezar de penitência pelos pecados e sem despedir-se do amigo padre, que apenas envergou um sorriso de satisfação no escuro da cabine dos pecados.

CAPÍTULO 5

DONA SINHÁ, O SINO DA MORTE E O BURACO DO INFERNO

— **Anda** rapidinho, porque depois do almoço a velha dorme e nem Satanás acorda ela — ordenou com a voz firme Simão, de 12 anos, um garoto afrodescendente, morador do bairro da Serrinha, na estrada que liga Monteiro Lobato a Caçapava. Jonas Bocudo, Flauta e Preguinho, esbaforidos, seguiam-no caminho acima.

— Eu não devia ter comido dois pratos de arroz doce na escola... — praguejou Preguinho, cuspindo no asfalto rachado e quente, enquanto arrastava Flauta pelo braço.

— Eu nunca vi sua avó em Monteiro, Simão! Ela não sai nunca de casa? Nem na missa ela vai? — perguntou Bocudo, segurando o pacote contendo a tábua de *Ouija* e esquecendo-se momentaneamente dos palavrões.

— Sai, sim, mas ela não gosta muito de missa, não, mano! Diz que tem medo. Sempre comenta que vê coisas dentro das igrejas que gostaria que ninguém mais visse. Deus me livre e guarde! É cada coisa, viu? — disse Simão, benzendo-se num gesto rápido. — Uma vez, ela me falou que fechou os olhos para rezar um "Pai Nosso" na igreja matriz de Monteiro e segurou as mãos de duas velhas que estavam do lado dela. No meio da oração, ela disse que sentiu as mãos esfriando e emagrecendo! Esfriando e emagrecendo muito rápido memo. Quando a reza terminou, ela abriu os olhos e gritou. Viu que tava de mãos dadas com dois esqueletos secos e muito gelados. Ela contou que um deles era só osso memo e parecia congelado que nem frango, mano! E o outro ainda tinha um pouco de pele e cabelo preto escorrendo pela cara enrugada. — Simão arregalou os olhos, puxou a pele do rosto para baixo com as duas mãos e foi correspondido com o mesmo gesto por Flauta. — Ela disse que ficou gritando feito uma maluca dentro da igreja, mano, mas ninguém ouvia ela, nem o padre! Desesperada, a velha louca subiu no banco de madeira e viu que nas duas fileiras de bancos separadas pelo corredor não tinha só dois defuntos. A igreja estava lotadinha de gente morta e cada cadáver estava em um diferente estágio de apodrecimento! A professora de ciências diz que isso se chama decomposição. Uns corpos mais, outro menos podres do que os outros! Minha vó comentou que até reconheceu o seu Zé do Leite, da Pedra Branca, a dona Joana do Dito Mula e o Mané Chiquinho, da Matinada! É que eles morreram no final do ano passado, né, mano? Estavam fresquinhos, acho que não tinha dado tempo de... apodrec... decompor...

— Preguinho, eu não quero ir pra casa dessa mulher, não! — cochichou Flauta, ao pé do ouvido do irmão, fincando-lhe as unhas no antebraço.

— Nossa, que foda isso! Caralho! — gritou Bocudo, fechando os punhos e revirando os olhos para cima. — Ela vai saber direitinho como funciona essa porra de *Ouija*! Tenho certeza! Essa velha é mais louca do que eu imaginava!

Ninguém respondeu nada. Uma atmosfera de medo e apreensão começou a encher os pequenos pulmões com um tipo de ar cada vez mais rarefeito e cheirando a carne podre, decomposta ou o que quer que fosse. Muito provavelmente, apenas autossugestão proporcionada pela história macabra contada por Simão, ou por algum animal morto ali por perto. Depois de alguns minutos de silêncio, quando só ouviam-se os cantos dos anus brancos pousados numa cerca próxima e os uivos do vento, os quatro amigos saíram da estrada de asfalto e embrenharam-se através de uma picada estreita e úmida rodeada de bananeiras, avencas e samambaias. Quanto mais andavam pelo caminho lamacento e pegajoso – que parecia não ver a luz do sol há anos –, mais a umidade do ar e a proliferação de fungos e musgos aumentava por todos os lados.

— Meu Deus! Puta que o pariu! — murmurou Jonas, entre os dentes separados, observando Simão arreganhar a porteira de madeira podre e cheia de fungos cor de abóbora que mais pareciam orelhas de bichos de desenhos animados. Nos dois mourões que a seguravam aparentemente por séculos, dois velhos crânios de vaca, cujos buracos dos olhos estavam pintados em volta com um círculo preto e o restante da cara de vermelho, davam as "boas-vindas" aos visitantes.

— Não precisam ter medo, não! A velha é assim memo, mano! Ela é meio maluca, mas não machuca ninguém. Além de brincar com essas coisas de ocultismo, bruxaria, coisas do cramunhão memo e tudo o mais, ela pensa que é artista. Olha só essas caras de vaca da porteira, mano! Lá dentro, se der tempo, eu mostro o que ela fez com o esqueleto de um bode depois que nós comemos a carne — retrucou Simão, batendo nos ombros de cada amigo que passava por ele. Os lobatenses exploradores entravam agora nas dependências do sombrio sítio de sua avó e a pancadinha nos ombros era como se fosse um tipo de "permissão" espiritual para o ingresso em um local tão sagrado e inacessível.

— Olha isso! — gritou Preguinho, apontando para os curiosos "ornamentos" pendurados do lado de fora da pequena casa de pau a pique rodeada de bananeiras. Crânios de porcos e de vacas pintados de várias cores, chicotes de couro entrelaçado que pareciam muito antigos, milhares de estribos enferrujados de metal, penicos esmaltados velhos e furados, ferraduras de diversos tipos, um berimbau com a casca de coco arrebentada, xícaras esmaltadas e multicoloridas, tubos de imagem de televisores antigos, latas de óleo e muitos outros objetos pintados com cores berrantes ornamentavam a entrada da residência de "dona Sinhá", como a velha era chamada em Monteiro pelos poucos habitantes locais que tinham coragem de conversar com ela.

— Puta que pariu! Que porra do inferno é essa? Parece a casa de doce do "João e Maria", mas, no lugar do doce, só tem tranqueira velha! — disse

Bocudo, já agarrando e chacoalhando com força a cordinha do badalo de um pequeno sino dourado de metal que estava pendurada num suporte na parede.

— Não faz isso, Jonas! Pelo amor de Deus, cara! Você tá ficando maluco, mano? — gritou Simão, ao mesmo tempo em que era interrompido por um berro rouco que reverberou das profundezas úmidas da casinha.

— Quem tá aí quereno falá cos morto? Simão! Simão! Muleque doido! Quem tocô o sino da morte? Esse sino é sagrado! Ele chama a morte pra Monteiro, já num falei procê? — Era dona Sinhá. A velha parecia impaciente e seu tom de voz gritado era de pouquíssimos amigos. Assim que dona Sinhá parou de repreender o neto, um som de um escarro puxado das profundezas escuras de um pulmão carcomido pelo fumo de rolo foi ouvido.

— Sino do quê? Vamo embora desse lugar, Preguinho! — disse Flauta, puxando a camiseta do irmão mais velho com muita força, quase rasgando-a.

— Embora, nada! Entra todo mundo aí, vai! Senta no sofá. Tão com medo agora? Nem vem, mano! — ordenou Simão, já adentrando pela porta principal da casa, confeccionada apenas com três madeiras rústicas, malpintadas e remendadas com pedaços de lata. Acima da porta, uma placa pintada de azul com letras vermelhas dizia: "O que é de Deus, o diabo não toca". O garoto deu alguns passos na escuridão, pisando sobre o piso de "vermelhão" rachado, parou, ergueu os braços e acendeu o interruptor da lâmpada de "60 velas" do cômodo que servia de cozinha e sala ao mesmo tempo. Muitas teias de aranha rodeavam o fio e o bulbo e pareciam segurar a lâmpada no ar.

Assim que o ambiente foi iluminado, os garotos entraram.

— Puta que o pariu! — disse Bocudo, levando a mão à boca ao reparar numa enorme imagem vermelha do diabo em pé, ornamentando um lado da sala. Do outro lado, uma imagem de São Jorge parecia ferir de morte um enorme dragão verde. Ambas pareciam ter mais de um metro de altura, estavam com a tinta descascando e eram rodeadas por vasos de xaxins abarrotados de samambaias, teias de aranha e velas pretas acesas. As luzes das velas incidiam sobre a imagem do diabo e projetavam uma sombra na parede na qual os chifres, o tridente e o rabo pontudo eram identificáveis. Jonas Bocudo repetiu a mesma expressão sem educação quando viu, pendurado, acima da sombra do "sete peles", o quadro da "criança chorando", que todos em Monteiro diziam mostrar o "retrato do capeta" quando visto de baixo para cima. O moleque tornou a balbuciar a mesma expressão libertadora de almas quando seus olhos miraram um outro quadro que mostrava uma foto amarelada de dona Sinhá novinha, ao lado do marido já falecido. Os dois faziam pose em pé, em frente a uma igreja antiga.

— Aparecida do Norte! — disse em voz alta e de maneira imperativa o vulto arcado à contraluz, que se arrastava como uma pessoa deficiente, da porta de um dos quartos para a sala. O som que saiu da garganta pigarrenta de dona Sinhá foi responsável por outro "puta que pariu" de Jonas Bocudo. Só que, dessa vez, o palavrão saiu quase aos gritos. — Essa foi a úrtima veiz que eu fui lá cum ele! Nunca mais vortei e nunca mais vô vortá. Olha o meu marido Zé. Novinho di tudo! Ele era um homão, né? Lindo dimais ele! — continuou a velha, encarando a foto na parede com olhos amarelados e lacrimejantes. Ela parou de falar por alguns segundos, pigarreou mais uma vez e continuou: — Mas, vai! Pára de enrolação, Simão! O que ocês viero fazê aqui? Não tenho tempo pra criança mimada, não! — disse ajeitando com os dedos magros as tiras coloridas e retorcidas da cortina de plástico que separava a sala do seu quarto. Enquanto falava, encarava os meninos já acomodados no sofá principal. Estavam assustados, mas com olhos muito brilhantes e curiosos.

Quando a velha deu mais alguns passos e a luz principal da sala iluminou seu rosto, Preguinho respirou fundo, Flauta virou a cara e Jonas arregalou os olhos e desferiu outro palavrão indizível mesmo para os seus baixos padrões. Era um rosto de uma mulher de pele negra e muito magra. Pelos vincos na cara – que mais pareciam valetas profundas feitas com escavadeira – e, a julgar pelos cabelos brancos e amarelados, aparentava ter mais de cem anos de idade. Um dos olhos tinha a pupila dilatada e opaca, e tanto a cor quanto o brilho não combinavam com o outro. "É um olho de um tipo de vidro antigo que nem existe mais! Ela disse que um animal estranho furou o zoio dela quando ela era moça e morava na roça, lá perto da fazenda do Visconde de Tremembé, no Sítio do Picapau Amarelo. Pelo o que ela falou, o bicho parece o Chupacabras, aquele mesmo do vídeo que mandei pra vocês pelo Whatsapp!", explicou Simão depois para os amigos.
Dona Sinhá não tinha mais que um metro e meio de altura e ficava ainda mais baixa em virtude da escoliose pronunciada que fazia um dos ombros pender para o lado. Seu vestido era de um pano azul-escuro bordado com rosas douradas e batia na canela magra repleta de varizes saltadas. Apoiada por uma bengala feita de um galho de goiabeira envernizado, ela arrastou seu quase cadáver até onde estavam os garotos, com a ajuda dos inseparáveis chinelos Havaianas de correias amarelas, encardidas e remendadas.

— Vó, vô apresentar meus amigos pra senhora! Esse de óculos fundo de garrafa com cara de bonzinho é o Flautinha. É o mais novinho! — disse

Simão, em voz alta, para que a velha ouvisse. O pequeno Flauta nem olhou para a dona Sinhá. Só balançou a cabeça, como se a cumprimentasse. — Esse de cabelo preto de lado, com cara de coroinha, é o Preguinho, irmão dele, e o ruivo meio gordinho, sem educação e besteirento que só vendo, é o Jonas Bocudo! — concluiu, em pé, parado em frente ao grande sofá de napa vermelha, mofada e rasgada por unhas de gato, onde os três amigos estavam sentados e apavorados. Preguinho disse um "Boa tarde!" arrastado e Bocudo disse um "Tomá no cu!" baixinho, para que a velha não o ouvisse. Mas a tática não funcionou.

— Besterento memo esse minino! Vai tê é que se intendê com Deus ou com o Cuza Ruim quando morrê! Pensa que podi fala palavrão desse jeito? Cum essas coisa num se brinca, não, fio! — resmungou a velha senhora, segurando os quadris, respirando fundo como se sentisse dor e jogando a carcaça numa velha e profunda poltrona de camurça roxa.

— Eu falo besteira se eu quiser. Não tô nem aí, velha do caralho! Só porque é velha, pensa que manda na gente? — respondeu Bocudo, entre os dentes, quase juntando as sobrancelhas de tanto ódio acumulado. Preguinho esboçou um sorriso nervoso ao seu lado e lhe deu um cutucão de leve nas costelas. Se tinha uma coisa que deixava o pequeno rebelde Jonas Bocudo nervoso era o policiamento com o seu palavreado. Nem seus pais, nem ninguém mais no mundo tinha controle do que saía de sua boca suja.

— O quê qui ele disse, Simão? Arrepeti aí, se tivé coragi, minino doido! — repreendeu em voz alta a velha, arregalando o olho de vidro sem disfarçar a raiva.

— Nada, vó. Ele disse que a sua casa é bonita, apesar de velha! E falou que as portas são feitas de carvalho! — interveio Simão, fuzilando Bocudo com os olhos esbugalhados.

— Vai, desembucha, então! O que ocêis qué aqui? Eu quero dormi um bocado. E dispois vô lavá suas ropa di iscóla.

— Tá bom, vó! A senhora lembra que me falou de uma tábua que tinha quando era moça e morava lá na roça, perto da fazenda do Visconde? Uma tábua de madeira toda marcada de números e letras que respondia tudo o que a senhora perguntava?

— Minino, vira essa boca torta pra lá! Deusulivriguardi! Não vô mexê cum essas coisa mais não. Jurei por Deus que num ia mais mexê cum isso!

— Vó, eu sei que você não gosta de falar nisso. Mas a senhora lembra como é que era que o treco funcionava? É que o Bocudo tem uma igualzinha! Mostra pra ela, Jonas.

Jonas desembrulhou a tábua de *Ouija* devagar, sem tirar os olhos da velha. Dona Sinhá coçou o rosto, deslizando as unhas grandes e sujas entre os vincos da cara. Sua expressão parecia tornar-se mais séria a cada segundo que passava. Ela encarou os garotos na sala, um por um, até que começou a olhar o pequeno Flauta com uma atenção especial. Com a expressão pensativa e atônita, não tirava os olhos do garoto de óculos.

— Tá bão! Num tenho tempo pra jogá fora. Coloca esse pareio do diabo no vermeião do chão e é já! — ordenou a velha, com um tipo de seriedade e rispidez que o neto nunca havia testemunhado antes. — Eu num vô incostá as mão nessa porcaria abençoada pelo Sete Pele! Já amardiçoei muito a minha vida por causa dessas porcaria! Ocês é que vão mexê nela, tá bão? — continuou dona Sinhá, fazendo um "Sinal da Cruz" atravessado. Beijou o crucifixo do terço de plástico rosa que tinha pendurado no pescoço e continuou: — Ô, meu minino Jesuis Cristinho, abençoa nóis! — respirou fundo. — Bão, vamo lá. Vai, ajoeia os quatro em vorta. Todo mundo coloca as mão direita nesse ponteiro do inferno! Pra mostrá que isso é verdade e num é truque, vô pidi pra um do cês lembrá de argum parente ou amigo morto e fazê uma pergunta prele. Uma pergunta qui ocês já sabe a resposta, só pra confirmá que é verdade memo. Vai, logo! Pensa num parente que já tá morando na mansão dos morto!

Os quatro amigos cruzaram os olhares, num escaneamento mental simultâneo. Simão ficou em silêncio, Flauta nem piscava por trás das lentes e Bocudo parecia petrificado. Preguinho respirou fundo, tomou coragem e falou, arrastando as palavras a fórceps para fora da boca trêmula:

— Dona Sinhá, a gente tem um tio... tinha, aliás! O Tio Marcão! Ele era irmão do meu pai. Ele morreu num acidente de caminhão lá perto de São Francisco Xavier. Posso perguntar umas coisas pra ele?

— Pode! Pergunta logo. Todo mundo fecha o zoio e ocê pergunta, minino. Ocê vai sabê a hora certa de perguntá, num si preocupa. Ah, e tem uma coisa! Ninguém pode abri o zoio até eu mandá! Só quando o ispírito respondê é que ocês vão ouví.

Os garotos, assustados como coelhos fugindo de onças, obedeceram cegamente às ordens da descendente dos quilombolas paulistas que aparentava uma sabedoria ancestral de, como apontou Simão, "mais de dois mil anos". Os quatro amigos colocaram as pequenas mãos trêmulas sobre o ponteiro pontiagudo do tabuleiro de *Ouija* e fecharam os olhos. Preguinho inspirou todo o ar que pôde, tomou coragem e falou:

— Tio Marcão?

Silêncio. Apenas as galinhas e maritacas continuaram sua habitual algazarra no quintal de terra batida e úmida que cercava a velha choupana.

— Tio Marcão, o senhor tá aqui?

Antes que Preguinho terminasse de pronunciar a última palavra, um vento forte zuniu no alto do morro, como se por encanto. A forte ventania desceu o alto da Serrinha e chacoalhou a porta principal com tanta força que fez a fechadura soltar-se e despencar no chão, tilintando no vermelhão encerado. O sino dourado que dona Sinhá chamava de "sino da morte" começou a soar insistentemente, como se alguém muito nervoso o espancasse com um martelo. Enquanto a onda de ar atingia a sala em cheio, a velha não tirava os olhos esbugalhados de Flauta, que insinuava cara de choro. Um cheiro de ovo podre misturado com perfume barato impregnou o ambiente. Apesar da forte onda de ar gerar redemoinhos que reviravam tudo ao redor e esvoaçavam os cabelos de todos os presentes, as chamas das velas pretas que rodeavam a imagem do diabo e de São Jorge continuavam estáticas, como se se recusassem a apagar. As labaredas apenas pendiam todas para o mesmo lado, iguaizinhas, como se fossem atletas de um campeonato de nado sincronizado. Batendo os dentes de medo e com vontade de correr porta afora, Preguinho tomou coragem e gritou:

— Tio Marcão? É o senhor?

Enquanto o barulho do vento forte, das árvores, do sino, das panelas chocando-se, das ferraduras caindo, dos chicotes estalando, das galinhas cacarejando e dos bodes berrando infernizava tanto o interior quanto o exterior da pequena casa, um puxão forte assaltou o tabuleiro de *Ouija*, arrastando com violência o ponteiro e as quatro mãos dos garotos para um dos cantos superiores. Dona Sinhá gritou o mais alto que pôde para que abrissem os olhos de imediato. O ponteiro estava estacionado no "Sim". O vento cessou como que por encanto. Os barulhos também. No silêncio profundo, Simão nem piscava. Jonas estava boquiaberto, dizendo palavrões para si mesmo. Flauta chorava e soluçava, ainda de olhos fechados. Preguinho parecia assustado, mas sua expressão também transmitia uma ponta de felicidade com a "presença" do tio que tanto amava.

— Viu? Ele tá aqui! Faiz uma pergunta que só ocê sabe a resposta! Fecha o zoio todo mundo de novo. Vai, molecada! — ordenou mais uma vez dona Sinhá, aos gritos, tão assustada quanto os garotos, mas tentando não apear da valentia herdada dos antepassados.

Preguinho respirou fundo o ar parado e pesado da pequena sala. Só que o cheiro que impregnou suas narinas agora lembrava o de carniça misturada com SBP de citronela. Ele, assim como o irmão menor, parecia querer despencar num choro. Juntou as últimas forças que tinha, colocou o ponteiro mais uma vez na base do tabuleiro, agarrou as mãos trêmulas, suadas e pálidas dos amigos e perguntou:

— Tio Marcão, o foguetinho que o senhor me deu de aniversário era vermelho?

O vento recomeçou, só que mais violento. Era como se a pequena sala, o exterior da casa rústica e todo o matagal úmido que a cercava fossem atingidos de surpresa por um furacão, desses que varrem os altos mares nos filmes de pirata. Galinhas cacarejavam como se estivessem com facas cravadas nos peitos. Cachorros latiam como se acabassem de ser atropelados e estivessem com fraturas expostas. Panelas subiam a mais de dez metros de altura e jogavam-se umas contra as outras, como se quisessem destruir-se. As pancadas no sino da morte dobraram de velocidade e volume. Dona Sinhá, além de não tirar os olhos arregalados do pequeno Flauta, agora apontava o dedo indicador para ele, como se quisesse lhe dizer algo. Os barulhos das bugigangas de metal que rodopiavam no ar sem controle e chocavam-se entre si do lado de fora uniam-se agora aos gemidos de animais desesperados. Era como se todos os animais da região fossem sacrificados ao mesmo tempo. Vacas, galinhas, porcos, cavalos, bodes, todos berrando em agonia, como se levassem machadadas desferidas por carrascos impiedosos.

De repente, em meio à turbulência, uma força puxou o ponteiro e arrastou as mãos dos garotos com extrema velocidade para um canto superior do tabuleiro onde estava escrito "Não". A turbulência do vento e os barulhos cessaram. Sem que dona Sinhá ordenasse, todos abriram os olhos rendidos pela curiosidade e pelo medo. Preguinho gritou, engasgando-se na saliva e nas próprias palavras:

— Ele acertou! O foguetinho era amarelo. Não era vermelho.

— Minino bobo! Vai, pára de perdê tempo! Os morto não tem tempo pra disperdiçá como os vivo! Aproveita qui o seu tio tá aqui perto di nóis e faiz uma pergunta mais séria, mais proveitosa. O povo antigo diz que os ispírito sabe di tudo! Eles diz que sabe até da hora da morte dos parente — falou dona Sinhá, impaciente, coçando a cabeça com as duas mãos. Apesar de nervosa, ela ainda mirava os olhos do pequeno Flauta, que pareciam verter lágrimas por trás das lentes grossas dos óculos.

Preguinho desabou ao reparar no choro do seu irmão mais novo. As gotas de água salgada que vertiam dos olhos de Flauta agora escorriam pela armação lateral dos óculos de grau. Apesar de sentir o coração espernear e dar golpes de "kung fu" dentro do peito ao ver os olhos atônitos dos amigos querendo fugir para fora das órbitas, Preguinho respirou e expirou profundamente por três vezes, ordenou para que todos fechassem os olhos mais uma vez e posicionassem as mãos. Depois de atendido, gritou:

— Vai morrer alguém da minha família este ano? Vai morrer alguém, tio Marcão?

Como se orientado por uma ordem superior, o escarcéu movido a vento e barulho não retornou. Os animais não voltaram a berrar, os redemoinhos não mais reviraram as cortinas de plástico e o cheiro de carniça misturado a ovo podre e SBP de citronela desapareceu. Por fim, como se anunciasse alguma coisa, o "sino da morte" bateu uma última vez, agora de maneira fúnebre. Depois, silenciou, como se um par de mãos invisíveis vestidas com luvas de pelica o segurasse.

— Num cabô ainda! Continuem co zoio fechado! — insistiu dona Sinhá, socando a bengala no chão de vermelhão.

Na sala quente e úmida, naquele momento, tudo o que se ouvia eram as respirações ofegantes dos garotos, o peito de dona Sinhá chiando como um camundongo e uma velha torneira de latão pingando na pia da cozinha. Depois de mais ou menos vinte segundos, o ponteiro arrastou as pequenas mãos, agora muito lentamente, até o topo do tabuleiro. As almas de todos os presentes experimentaram uma sensação gelada que, até aquele momento, imaginavam que só os humanos desencarnados conheciam. O ponteiro apontava para o "Sim".

Flauta começou a chorar. Dona Sinhá parecia hipnotizada por ele. Simão levantou-se, foi até a cozinha, pegou um copo com água, misturou com açúcar e deu para o pequeno amigo, na tentativa de acalmá-lo. Dona Sinhá, com muita dificuldade, foi levantando-se da poltrona, enquanto dizia:

— Viro? Num falei qui num é pra brincá com essas coisa mardita? Esses pareio impressiona muito a gente! Tadinho do minininho, num guentô! Ocê colocô açúca nessa água prele, Simão? Açúca é bão pros nervo! Bão! Eu vô me retirá, cêis dá licença! Priciso discansá depois dessa paiaçada! — concluiu a velha, já em pé, atravessando a cortina colorida de plástico encardido e desaparecendo na penumbra de um quarto escuro.

Assim que o vulto da velha senhora foi engolido pelo breu do aposento, Bocudo, que parecia estar em estado de choque até aquele momento, reuniu forças e começou a guardar o tabuleiro. Preguinho já os aguardava do lado de fora da casa. Flauta tomou a água com açúcar num gole só e todos retiraram-se da velha choupana, exalando um indisfarçável misto de alívio e satisfação.

Os garotos caminharam quietos e desorientados por um caminho úmido que margeava a casa e dava acesso à estrada principal, até que Simão, bem à frente, parou e apontou para uma trilha estreita que penetrava entre as bananeiras. Na entrada da trilha, acima do nível cabeça dos garotos, havia uma placa de madeira podre pregada numa goiabeira, onde era possível ler com dificuldade as letras pintadas com tinta a óleo vermelha que formavam as palavras: "Buraco do Inferno".

— Vocês querem conhecer o "Buraco do Inferno" hoje ou deixa pra outro dia? Acho que é um lugar que vocês... — começou a dizer Simão, com uma voz tão amedrontada, grave e profunda que forçou Jonas Bocudo a interrompê-lo.

— Não. Não. Hoje, não. Tá ficando louco, caralho? Buraco do inferno? Puta que o pariu! Era só o que faltava! E outra! Tá tarde já, né? E eu... bom, eu tenho que comprar umas porra de uns pão na padaria e levar pra casa até umas cinco horas da tarde, senão a minha mãe me mata! Vamo embora, né? Já deu essa merda! — completou o garoto, olhando para os irmãos Preguinho e Flauta, que concordaram em sincronia com a cabeça, como se tivessem ensaiado.

CAPÍTULO 6

O FIM DA CIDADE

A madrugada ainda arrastava seu manto de neblina densa em Monteiro Lobato, quando Dito Lobisomem acordou aos gritos, depois de ter sonhado com uma manada de touros de olhos vermelhos e corpos humanos em chamas partindo em sua direção. No auge do pesadelo sem fim, ele corria por uma estrada asfaltada lotada de pregos pontiagudos chumbados de ponta para cima em toda a sua interminável extensão. A cada dois ou três passos da corrida desesperada pela vida, os pregos atravessavam sua carne e ele urrava ainda mais alto do que os animais do inferno e os vultos que o perseguiam. Só despertou quando tropeçou, caiu, ficou pregado no chão pelos pés, joelhos e mãos e o primeiro touro da manada esmagou sua cabeça com as patas traseiras.

Ofegante e desesperado como alguém que morre afogado, Seu Dito, num salto, sentou-se na cama, agarrou a garrafa de pinga Amélia que ficava ao lado da imagem de Jesus Cristo no criado mudo e bebeu seis goles sem tirar os lábios rachados de herpes do bico. Arrotou, passou as mãos na testa molhada de suor, levantou-se e, como que por instinto, foi em direção ao calendário pregado na parede. Olhou-o por alguns segundos e inspirou o ar com ansiedade ao perceber que, a partir daquele dia, só lhe restariam três semanas e poucos dias para que cumprisse a promessa feita a Jesus Cristo no dia em que fora mordido pelo animal desconhecido no cemitério. Rezou baixinho uma mistureba indecifrável de todas as orações que conhecia, vestiu seu macacão surrado doado por algum peão de fábrica para algum "bazar da pechincha" da cidade, entornou mais alguns goles de pinga, comeu metade de um pão francês amanhecido com margarina e saiu para a rua decidido. Ele sabia que tinha que começar sua sina de alguma maneira. Se não o fizesse, "sua vaga no inferno dos que não obedecem a Jesus já estaria garantida para toda a eternidade", como disse ao padre na "confissão".

Sem saber por onde começar a tarefa imposta por ordens mais do que divinas, caminhou a passos pesados, cortando a neblina pela rua de baixo, beirando o campo de futebol da cidade e chutando qualquer objeto ou planta que encontrasse pela frente. Só não deu pontapés em cachorros e gatos porque nenhum atravessou o seu caminho. Quando passou ao lado da "Gruta", como era chamada uma construção católica de cimento, imagens e sacos de estopa que existia perto de sua casa, seu Dito parou e resolveu entrar. No pequeno círculo em seu interior, ajoelhou-se e rezou mais um pouco, encarando os santos de gesso pintados com cores berrantes. Levantou-se, lavou o rosto e matou sua sede na bica onde "quem toma a água, nunca mais sai de Monteiro Lobato", como dizia a lenda local, e partiu rua acima, no sentido da igreja matriz. Quando passou ao lado da delegacia, assustou-se ao ouvir a voz grave de um policial militar cortar o silêncio e a neblina.

— Morreu alguém hoje, seu Dito?

— Morreu nada.

— Tá madrugando por que, então?

— Ah... caminhada... o médico orientou! Colesterol! — concluiu rispidamente o velho, sem parar de andar e sem dirigir o olhar para o policial curioso de braços cruzados.

O velho coveiro, já bem cambaleante por causa da cachaça matutina, subiu a rua ao lado da delegacia, chegou até a igreja matriz, andou pela calçada lateral, chegou ao cemitério, tirou as chaves do bolso e, antes de entrar na casa dos defuntos, benzeu-se, como sempre fazia: "Me dão licença, por favor". Entrou e dirigiu-se sem pensar ao túmulo, como se ansiasse por algo que não queria admitir. Aquela sensação. Ele a queria de novo. Ele precisava dela mais uma vez. Apesar de ainda muito assustado com o animal que quase lhe arrancara a mão direita, seu Dito parecia querer sentir na veia um pouco mais daquele efeito bizarro, psicodélico e assustador que transformou sua mente em um parque de diversões macabro há alguns dias. Sentindo-se sem um pingo de medo e absolutamente decidido, agachou-se perante o túmulo guardião das suas joias. Meteu a mão no buraco e fechou os olhos, aguardando que as enormes presas injetassem nele o veneno e se misturassem ao álcool e ao sangue que corriam em suas veias saltadas. Nada. Aguardou por mais de um minuto e nada. Começou a praguejar, até que gritou, soltando neblina pela boca:

— Que porra de bicho do inferno!

Como se obedecesse, um solavanco forte puxou o corpo de seu Dito contra o mármore gelado e molhado de sereno do túmulo. O velho coveiro gritou com um sorriso de satisfação nos lábios ao sentir dois agulhões atravessarem a carne da sua mão direita. Como se estivesse entrando subitamente em estado de êxtase, olhou para o céu e agradeceu a Deus com os olhos arregalados e avermelhados. Respirava com força, a ponto de engasgar-se com o ar, como se a criatura injetasse doses cavalares de heroína pura em sua corrente sanguínea. Não tentou soltar-se. Pelo contrário. Ficou lá até que a droga poderosa possuísse seu corpo e sua alma. Talvez aquela fosse a tática do animal. Injetar todo o veneno disponível nas catacumbas do inferno diretamente nas veias de algum desgraçado "escolhido por Deus".

Seu Dito estava de olhos arregalados, mas apenas o branco amarelado dos olhos era visível. Ele aguardou ofegante, mas paciente e ansioso para que aquelas visões do apocalipse atormentassem seu espírito mais uma vez. Depois de algum tempo ajoelhado, experimentando quase um orgasmo de dor e satisfação, sentiu sua mão direita relaxar. Puxou-a sem dificuldade de dentro do túmulo e conseguiu ver detalhes dos tendões estraçalhados pulsando dentro da mão ensanguentada. Os nervos trêmulos puxavam e repuxavam os dedos do velho como se fossem cordinhas de marionetes. O homem levantou-se com os olhos ainda brancos e envidraçados e dirigiu-se como um morto-vivo até a estátua de Jesus Cristo do centro do cemitério. Ajoelhou-se perante ela e, quando começou a rezar baixinho, sentiu seus olhos voltarem ao normal. Sentiu um arrepio nas costas ao ver as velas em torno da estátua acenderam sozinhas, uma por uma. Com as mãos juntas e enlameadas em sangue fresco, "Seu Dito Lobisomem" pediu, agora em voz alta e com tom arrastado e moribundo:

— Jesus, Nosso Senhor, meu salvador! Me ajude! Não quero me desentender com o Senhor! Me diga! Como é que vou dar cabo da dona Francisca, aquela professorinha do Souzas? Aquela que tá traindo o marido. Tenho que começar meu trabalho santo e já decidi. É hoje. É hoje, em nome de Jesus! — berrou, sem ligar para o sangue que esguichava de sua mão e formava uma poça em torno dos seus joelhos. O medo do coveiro transformou-se em desespero quando ele reparou que o sangue agora escorria também da base das chamas das velas acesas. Ele baixou a cabeça, começou a rezar um "Pai Nosso" e ouviu um som reconhecível oriundo da cruz.

— Olha pra cima, homem! — ordenou uma voz imperativa.

O coveiro obedeceu. Jogou a cabeça pesada para trás e arregalou ainda mais os olhos ao perceber a expressão terna e calma de Jesus na cruz. O Filho de Deus não parecia mais estar sofrendo como na primeira vez que o velho o vira desprender-se com dificuldade de seu instrumento milenar de tortura.

— Seu Dito! O senhor é inteligente! Isso é com o senhor! A professora é pecadora?

— É uma alma perdida, sim! Ela é casada e fica de lero-lero e outras coisas com aquele cara lá... aquele grandão, o Sérjão Muleta! Tenho dó do seu Anastácio, ele não merece essa vagabunda! — "Seu Dito Lobisomem" pensou um pouco e continuou — Mas, meu Senhor, não é isso que eu quero perguntar pro Senhor. Eu tenho que matar ela de um jeito que ninguém me prenda. Não quero ir pra cadeia, de jeito nenhum. Senão, não consigo cumprir o restante do trato — concluiu, num tom agora tristonho e ressabiado, baixando a cabeça.

Depois de alguns segundos sem resposta, seu Dito levantou novamente a cabeça. O grito foi inevitável e, pelo sorriso de dentes postiços escancarados, parecia extremamente prazeroso. No lugar da imagem do Cristo crucificado, havia, pelas suas contas nervosas, treze corações humanos fincados em estacas, oito na madeira vertical da cruz e cinco na horizontal, todos ainda pulsando e jorrando intermináveis e poderosos jatos de sangue pelas artérias saltadas. Com a sensação de ser batizado pela chuva do sangue das vítimas que ainda não fizera, seu Dito levantou-se confiante. Ergueu os dois braços e pareceu sentir um tipo de prazer quase sexual ao sentir as gotas grossas de sangue espancando seu rosto e lambuzando o corpo todo. Abriu a boca e ficou esperando que a chuva vermelha a enchesse do líquido viscoso. Engoliu tudo em seguida, bateu no peito várias vezes como um gorila e dirigiu-se à saída do cemitério. Ao dar o primeiro passo, sentiu sua perna direita afundar até a altura dos joelhos no chão enlameado de sangue. Em seguida, foi a esquerda. Um tipo de areia movediça misturada com uma enxurrada vermelha sugava-o para as profundezas da Terra, mas isso não parecia atormentar a sede de morte do velho coveiro. Quanto mais afundava, mais ele ria e se arrastava confiante, tentando desvencilhar-se das raízes das árvores e de todo o lixo humano do cemitério que pareciam mover-se como serpente, agarrando-lhe os pés. Ao ver-se completamente preso entre raízes, crânios e mandíbulas humanas em vários estágios de decomposição, véus rasgados, alças de caixão, cruzes douradas, imagens de santos e barro vermelho, ouviu um ruído parecido com o de uma enorme cachoeira. Lembrou-se imediatamente da única vez que esteve nas cataratas de Foz do Iguaçu, num lugar conhecido como "Garganta do Diabo", onde a massa de água ruge como um jato supersônico. Olhou para trás e viu que o nível do mar rubro continuava aumentando, formando ondas, aproximando-se com velocidade e arrastando um tipo de sopa de ossos e sangue em sua direção. Ele fechou os olhos, prendeu a respiração, bateu no peito como um gorila enfurecido e só aguardou o impacto. A correnteza chocou-se violentamente contra o seu tórax e arrastou-o ladeira abaixo, como se o homem forte se transformasse, de uma hora para outra, em um simples e desengonçado boneco de marionetes. As ondas revoltas o atiravam de um lado a outro pelas vielas inundadas do cemitério. Seu corpo saiu batendo e arrebentando-se nos muros, cruzes, túmulos, santos e anjos de mármore como se fosse uma simples bola de aço de um antigo fliperama. Seu Dito, consciente e sem sentir nenhuma dor, apenas se deixava levar pela correnteza como se fosse um cadáver fresco atirado ao mar por criminosos. Apesar das pancadas violentas que sofria, causadas por enormes ondas vermelhas e borbulhantes, seu prazer parecia tornar-se cada vez maior. Talvez pelo relaxamento que sentira desde o momento da mordida, seu corpo estivesse anestesiado por alguma substância que, até o momento, ele não conseguira identificar. Gargalhando feito um maluco ao pular o muro de um sanatório, sentiu seu antebraço direito partir-se em dois na quina de um túmulo de azulejos azuis. Sua canela foi atirada com tanta força no portão de ferro que partiu como se fosse um biscoito de polvilho. As enormes ondas da maré alta de sangue atingiram com tamanha violência os muros brancos do cemitério que os fizeram ceder, levando o corpo dilacerado do coveiro pelas ladeiras de Monteiro abaixo, como um barquinho de papel. Todas as ruas da pequena cidade de Monteiro Lobato, em menos de um minuto, foram inundadas por um *tsunami* grosso e malcheiroso de sangue, caixões e esqueletos. O odor predominante acima das ondas lembrava vísceras de porco. Seu Dito viu e, baseado nas suas últimas expressões faciais conscientes, sentiu uma ponta de prazer ao presenciar a agonia dos últimos sobreviventes lutando pela última tragada de ar, antes de serem sugados e engolidos pelos enormes redemoinhos do inferno que se formavam em todas as esquinas da cidade. Uma última risada foi inevitável, antes que o coveiro perdesse completamente os sentidos.

CAPÍTULO 7
A PRIMEIRA DE VÁRIAS

Ao acordar, depois de ter perdido a alma e o corpo no tempo e no espaço, seu Dito se recompôs como pôde. Assustado, viu-se agarrado feito um bicho-preguiça no tronco de um enorme pé de eucalipto, no alto de um morro próximo à praça de baixo da cidade. Apertou os olhos, limpou o sangue já coagulado do rosto com as costas de uma das mãos e gritou de satisfação ao observar, abaixo de um horizonte escuro cortado por relâmpagos vermelhos, a cidade de Monteiro Lobato submersa em sangue. Gritou de novo e bateu palmas ao ver os milhares de corpos inchados dos moradores boiando e girando nos redemoinhos vermelhos como se fossem bonecos infláveis. Apenas as duas torres da igreja matriz ainda estavam iluminadas acima do nível da inundação. Seus sinos tocavam com insistência e descompassados. Perdendo os últimos resquícios de lucidez – ou falta dela –, seu Dito Lobisomem contou as badaladas. Os sinos tocaram seis vezes. "Ou eram seis horas da tarde, ou seis da manhã", pensou, antes de desmaiar.

— Seis horas da manhã e já tá chapado? — Uma voz ecoou das profundezas do nada e invadiu o crânio do velho coveiro. — Ê, seu Dito! Vê se toma jeito! Cortou a mão de novo?

O velho despertou atordoado, tateando o ar e fechando as duas mãos, como se quisesse agarrá-lo. Abraçado a um tronco de uma árvore sibipiruna da praça de baixo, e não num eucalipto no alto do morro como sua cabeça sugerira, abriu os olhos e fechou-os por reflexo por alguns momentos, cegado pela luminosidade do sol, que começava a despontar. Depois que conseguiu recuperar a visão e antes que pudesse responder à pergunta de quem o despertara, tomou um susto ao ver que a cidade não estava inundada de sangue. Tomou um susto maior ainda ao ver a professora Francisca abrindo os portões da garagem de sua casa, que ficava em frente à praça. Ela já estava com o seu fusca ligado, aquecendo, para partir para mais um dia de trabalho. Seu Dito, como se tomasse uma injeção de adrenalina no coração, recompôs-se num pulo, respirou fundo e saiu em disparada pela praça de baixo, sob os olhares incrédulos dos poucos moradores já despertos. Correu como um louco até sua casa. Chegando lá, pegou seu celular de tela rachada e guardou-o no bolso. Depois, foi até a garagem, enfaixou como pôde a mão direita machucada com um resto de esparadrapo e um pano sujo e tirou a lona de plástico que cobria sua velha motocicleta Honda XLX 350 azul e amarela. Sentou-se desajeitadamente no banco rasgado do veículo, colocou um capacete San Marino vermelho e surrado e pedalou dez vezes até que a máquina soltasse fumaça pelo escapamento e explodisse em roncos. Com a moto engasgando e soluçando, seu Dito, ainda sentindo os efeitos da cachaça, acelerou e tomou velocidade pela rua de baixo, com o veículo em zigue-zague. Passou ao lado da casa de dona Francisca e viu que ela já tinha partido em direção ao Souzas para dar suas aulas e, talvez, banquetear-se com suas aventuras proibidas diárias. O velho acelerou ainda mais, pegou a estrada que liga Monteiro Lobato a Campos do Jordão, ultrapassou um caminhão e um carro com facilidade nos dois primeiros obstáculos e finalmente avistou o fusca amarelo de dona Francisca entrando e tomando velocidade na chamada "reta da Vargem Alegre", próxima à encruzilhada que dá acesso à estrada que vai para o bairro do Souzas. "É agora! Tem que ser agora!", pensou ele, com o coração aos pulos. "Minha chance está guardada para esse momento! Mas como?", indagou-se, enquanto, apesar da dor na mão ferida, segurava o acelerador da moto no último torque e tentava equilibrar seu corpo alcoolizado em cima do veículo. Com a velha companheira japonesa soltando fumaça como se fosse um carro afogado, foi relativamente fácil alcançar o velho Volkswagen 1985 da primeira vítima que elegera com a inestimável ajuda do padre Argemiro. Seu Dito emparelhou a moto ao lado do fusca e desacelerou um pouco para não o ultrapassar no final da reta. Virou a cabeça, olhou nos olhos arregalados de dona Francisca que o encaravam e, com o pé direito, começou a chutar a porta e o vidro do carro. Um chute não foi suficiente. Dois também não, apesar do aumento da intensidade dos pontapés. Dona Francisca, com a adrenalina a mil e quase colocando o coração pela boca, acelerou o fusca como talvez nunca tivesse acelerado na vida. Ela conseguiu deixar a moto do seu Dito para trás por um momento, saiu da estrada principal e entrou quase derrapando à esquerda, acessando a estradinha asfaltada que desemboca no bairro onde trabalhava. Pálida e envolta em orações e desespero, quase jogou seu veículo contra o parapeito da pequena ponte, no início da estrada vicinal. Apesar da primeira tentativa frustrada, seu Dito acelerou ainda mais sua máquina. Depois de mais alguns segundos de perseguição, alcançou novamente o fusca, só que, desta vez, emparelhou a XLX 350 pelo outro lado, o do passageiro. Começou a dar pancadas com o pé esquerdo no vidro. Dona Francisca, atônita, nem olhava mais para o seu possível algoz. Boquiaberta, apenas acelerava e tentava conter as derrapadas nas curvas mais fechadas. Como as pancadas no vidro não surtiam efeito, seu Dito resolveu ir para o "tudo ou nada". Não podia perder aquela oportunidade. Queria aproveitar que ainda era cedo e que a estrada estava deserta. Não queria que nenhum bisbilhoteiro fosse testemunha do que pretendia fazer. Acelerou ainda mais a moto com uma forte torcida de mão, ultrapassou dona Francisca, pisou no freio da roda traseira, derrapou na frente do fusca no asfalto esburacado e fechou-o no sentido do barranco da estrada. O fusca desviou da moto e a motorista perdeu o controle. Rodopiou na tentativa de livrar-se do barranco e despencou morro abaixo, levando uma velha cerca de arame enroscada entre o para-choque dianteiro e os faróis. O veículo capotou morro abaixo por quatro vezes, levando no tranco vários cupinzeiros, antes de parar de cabeça para baixo. Seu Dito desceu da moto e correu em direção a ele, deslizando pelo capim-gordura. Ao aproximar-se do carro retorcido, sentiu um forte cheiro de gasolina invadir suas narinas. Pensou imediatamente em colocar fogo em tudo. Colocou a mão no bolso, pegou seu velho isqueiro "Zippo", acendeu e ouviu um gemido alto ecoar de dentro do veículo. Era como se alguém estivesse fazendo gargarejo ou engasgando com as próprias vísceras. Para surpresa do coveiro, Dona Francisca ainda estava viva, contorcendo-se e gemendo em meio ao sangue e ao combustível que molhavam as ferragens e os estofamentos do fusca. O velho, num momento impulsivo de consternação e desconcerto psicológico, fechou a tampa de metal do isqueiro com o dedão. Não era sua intenção queimar uma mulher viva de jeito nenhum. Nem nos piores pesadelos imaginava-se fazendo uma crueldade daquelas. Olhou para os lados para ver se não havia ninguém. Nada. Estava sozinho na cena do que quer que fosse fazer. Não pensou duas vezes. Ajoelhou-se na gasolina avermelhada de sangue, ao lado do ferro retorcido do que antes fora um carro bem cuidado durante anos, segurou os dois braços dilacerados de dona Francisca e começou a puxar seu corpo franzino para fora do para-brisa, fatiando ainda mais sua carne macia entre os cacos de vidro. Já fora do carro, a professora arregalou os olhos, gemeu alto como se fosse o último suspiro de sua vida, engasgou e cuspiu muito sangue. Sem saber o que fazer com o quase-cadáver que agonizava aos seus pés, seu Dito olhou para o interior do carro e viu um cobertor jogado próximo ao que deveria ser o banco do passageiro. No tapete de borracha do veículo, que agora se encontrava no teto, viu um pote grande do tipo "Tupperware", com a tampa do lado e um saco plástico contendo dois pães franceses amassados, uma pequena faca e um tablete retangular de manteiga. Foi só ao ver a faca de pão que o coveiro lembrou-se de um detalhe. A frase "treze corações intactos", proferida com tanta ênfase pela imagem de Cristo, atingiu sua mente como uma bomba. Sem perder tempo, o velho esticou o braço entre as ferragens e conseguiu pegar o pote de plástico, sua tampa e o saquinho contendo o que deveria ser o café da manhã de sua primeira vítima. Depois, virou-se e sentiu uma espécie de calafrio ao ver o corpo já inerte e sem vida de dona Francisca caído de peito para cima e de braços abertos no chão de terra batida. Imediatamente, seu Dito agarrou a pequena faca de pão de dentro do saco plástico e foi cortando a blusa de tecido fino e o sutiã de dona Francisca. Com o peito já nu da mulher exposto à sua frente, seu Dito respirou fundo, levantou a faca com a mão esquerda, fechou os olhos e a cravou na altura do estômago. Com movimentos rápidos, a serrinha quase cega da faca rasgava a carne de dona Francisca com dificuldade. O sangue espirrava e escorria pelos vincos do rosto suado do coveiro. O objetivo era abrir um buraco suficientemente grande para que sua mão grossa e calejada entrasse e arrancasse o coração do corpo da mulher com o mínimo possível de danos. Enquanto fazia o trabalho sujo, o coveiro ria de nervoso, mordiscando o lábio inferior. Quando percebeu que já dava para realizar o serviço, seu Dito enfiou os dedos sujos de sua mão esquerda devagar pelo buraco. Puxou o ar e, num solavanco, cravou a mão inteira por baixo do osso externo do peito da vítima. Rasgou os tecidos e órgãos internos de olhos fechados, fazendo cara de nojo, até encontrar o coração. Agarrou com força o músculo vital e puxou-o para fora como se arrancasse uma raiz de mandioca, trazendo na mão muito sangue, artérias e pedaços de tecidos humanos moles e quentes. Seu Dito, como se não acreditasse no ato criminoso que acabara de perpetrar, recusava-se a olhar o que tinha entre os dedos. Ele apenas virou-se para o lado oposto, agarrou o pote de plástico com a outra mão, jogou o coração e a faca dentro e tampou-o, sentindo o forte cheiro de sangue invadir o ar. Rezando baixinho, largou o pote no chão, voltou até o carro retorcido e ficou observando o cobertor ensopado de gasolina em seu interior. "Bom, já tá morta mesmo!", pensou, enquanto voltava o olhar para o corpo mutilado da mulher. Agarrou o cadáver, levantou-o como se fosse um saco de batatas e atirou-o entre as ferragens. Pegou o pote que continha a faca e o seu primeiro presente para Jesus Cristo e tomou distância. Segurando seu isqueiro Zippo entre os dedos, colocou fogo em um graveto seco que estava sob seus pés, atirou-o em direção ao veículo e correu. O fusca explodiu em chamas e o homem pôde sentir o calor atingir suas costas. Sem tempo disponível para observar o espetáculo pirotécnico macabro, seu Dito teve uma ideia. Arrancou um pé de uma planta qualquer e começou a revolver a terra e apagar suas pegadas. Inspirando fumaça e sentindo um cheiro desagradável de carne queimada, fez isso em torno de todo o carro em chamas. Depois, subiu o morro de costas, tropeçando e caindo várias vezes nos cupins, mas apagando com a planta cada vestígio de sua passagem. Quando conseguiu finalmente chegar na estrada asfaltada, acomodou o pote plástico com o coração e a faca na parte de dentro do peito do macacão e colocou o capacete. Trêmulo, sentou-se na moto, pedalou algumas vezes e partiu de volta à estrada principal. Chegando ao cruzamento, onde, ao lado de um ponto de ônibus, existe uma cruz fincada no chão rodeada de flores de plástico, acelerou à esquerda em direção a Campos do Jordão. Enquanto corria com a moto, imaginava uma história plausível para o seu sumiço, caso surgisse alguma suspeita sobre suas andanças.

Sentindo o ar fresco da manhã da serra da Mantiqueira penetrar em suas narinas, seu Dito sorria, apesar de estranhar a felicidade e a leveza impregnarem sua alma mesmo depois de ter assassinado uma pessoa com requintes de crueldade. Acelerou a moto na subida da serra de São Benedito com a sensação plena de dever cumprido. Sentiu no corpo e na alma um gosto de liberdade que nunca havia experimentado. Nem quando os defuntos lobatenses ricos o presenteavam com belas joias e correntes de ouro chegara a sentir-se tão bem. "Jesus, meu Salvador e meu único Senhor, obrigado! Muito obrigado! Ajudei o mundo que o Senhor criou a se tornar um lugar um pouco melhor! Agora, mora um pecador desgraçado a menos nele! Menos um! Tá vingado, seu Anastácio! Sua esposa era uma vagabunda e não merecia o dom da vida! Glória a Deus! Glória ao Nosso Senhor! Seja feita a Vossa vontade!", berrou, quase simulando um êxtase de pastor lobotomizador de almas. As palavras reverberaram dentro do capacete fedido, enquanto o velho coveiro freava bruscamente, desviando o pneu dianteiro da Honda XLX 350 de um enorme lagarto que atravessava a pista ainda molhada pelo sereno da manhã.

CAPÍTULO 8
SIM!

Flauta acordou animado naquele dia, por volta das oito da manhã. Foi até a cozinha, tomou um copo de Nescau e algumas bolachas e viu um recado fixado com um imã na geladeira que dizia "Crianças, fomos pra São José. Tem arroz, feijão e carne moída na geladeira. Esquentem no micro-ondas! Ass. Mamãe". Dirigiu-se até a sala, ligou a TV na Netflix e colocou um desenho antigo de que gostava, o "*Invasor Zim*". No quarto ao lado da sala, o telefone celular do seu irmão Preguinho tocou em alto volume a música do filme "Star Wars". Ele atendeu.

— Alô?

— Preguinho, meu mano! Tá sentado né? — disse Simão, o neto de dona Sinhá da Serrinha, com a respiração acelerada reverberando do outro lado da linha.

— Tô! — respondeu Preguinho de maneira preguiçosa, esperando mais alguma balela do amigo. Simão era conhecido entre a molecada como um verdadeiro especialista em pegadinhas e "mentiras leves e inofensivas", como dizia.

— Então, você viu quem morreu?

— Não! Não vai inventar besteira, hein?

— É verdade, meu camarada! Acharam o corpo agora há pouco, lá pros lados da estrada do Souzas. Tava queimadinho! E saindo fumaça ainda!

— Corpo de quem? Diz logo?

— Lembra daquela nossa professora boazinha do segundo ano? A dona Francisca? Ela capotou o carro e o carro pegou fogo, mano! Acharam o corpo lá perto do córrego do Barnabé. Parece que ela perdeu o controle, derrapou na curva e o carro explodiu...

— Nossa, mas...

— Irmão, tenho que desligar! Minha vó tá esgoelando que nem uma pata choca aqui! Tá querendo que eu coloque a linha na agulha pra ela. Depois a gente conversa. — Simão nem esperou o amigo comentar nada e já desligou o telefone.

Preguinho levantou-se da cama com uma expressão triste. Foi até o banheiro, escovou os dentes e lavou o rosto várias vezes, sem acreditar no que acabara de ouvir. Passou pela sala e viu o irmão menor de olhos vidrados na televisão. Resolveu não lhe contar a notícia trágica, por enquanto. Sabia que Flauta era quase um filho para dona Francisca, e tanto ele quanto o irmão nutriam um carinho enorme por ela. Foi até a cozinha e colocou água na cafeteira para ferver. Terminou de fazer o café, foi até a sala quieto segurando a caneca de porcelana e sentou-se calado ao lado do irmão, que se divertia com os desenhos. Por volta das onze da manhã, ambos ouviram o barulho do carro do pai chegando e o portão de ferro rangendo. Apenas Preguinho levantou-se resmungando, imaginando que teria que ajudar a descarregar uma tonelada de compras de supermercado. O pequeno Flauta ficou lá, enfeitiçado pelos desenhos. Ao sair pela porta da sala, Preguinho notou que os pais também amarravam expressões tristes nos rostos. A mãe parecia prestes a desabar num choro profundo.

— Oi, pai! Oi, mãe! Pelo jeito, já souberam, né?

— Souberam do que, menino? — respondeu cabisbaixo seu Gilmar, enquanto trancava o portão.

Dona Anita passou direto pelo marido e pelo filho. Com a mão direita na boca e soluçando, dirigiu-se apressada até o banheiro. Curioso e apreensivo, Preguinho seguiu os passos da mãe, enquanto o pai passava por ele com uma expressão séria, lendo alguns papéis. O garoto sentou-se numa cadeira da cozinha sem entender o que acontecia à sua volta, enquanto o café esfriava em sua caneca. De repente, ouviu o choro compulsivo da mãe ecoar pelos azulejos de dentro do banheiro. Foi até a porta de olhos arregalados, bateu duas vezes e gritou:

— Mãe, tá tudo bem?

— Fala com o seu pai! — gritou de volta a mãe, nos poucos espaços que tinha entre o choro, os soluços e as respirações aceleradas.

Preguinho obedeceu. Passou pela sala e viu o irmão mais novo babando no sofá, imerso num sono profundo. Bateu duas vezes na porta do quarto. Seu Gilmar abriu.

— Filho, entra, fecha a porta e senta aqui na cama!

— Pai, vocês estão assim por causa da dona...

— Filho, presta atenção no seu pai! Você é o irmão mais velho e vai ter que entender a situação. Vai ter que ajudar o papai e a mamãe — interrompeu seu Gilmar de maneira ríspida, tirando misteriosos papéis de dentro de um envelope pardo.

— Pai, vocês ficaram sabendo da...

— Filho, já ficamos sabendo, sim! Que Deus a tenha, coitada! Mas o que tenho pra te falar agora é sério e é algo que se refere à nossa família. — Seu Gilmar parecia prestes a cair no choro, assim como a esposa. Tinha pose e fama de valentão, mas quem o conhecia mais profundamente sabia das tendências amolecidas de seu coração. Só o álcool, às vezes, atrapalhava seu bom humor e suas gentilezas habituais.

— Conta, pai! Eu acho que já sei o que é — disse Preguinho, apertando as mãos e olhando para o tapete.

— Filho, é o seguinte! Acabamos de chegar do consultório do doutor Moraes, lá de São José dos Campos. Lembra que o seu irmão passou mal algumas vezes nessas semanas? — disse seu Gilmar. Preguinho só consentiu com a cabeça, sem dirigir-lhe o olhar. — Então, refizemos os exames e foi confirmado. Infelizmente, o seu irmão tem um problema muito sério. — A primeira lágrima do homem forte da casa rolou rosto abaixo, vencendo a pele seca e maltratada. — O Flautinha tá com leucemia, filho... e...

— É câncer, pai?

— Sim, é um tipo de câncer... — Seu Gilmar apertava as mãos e tentava manter-se forte, mas acabou esmorecendo e caindo no choro. Enquanto soluçava, tentava amenizar a situação. — Mas o médico disse que ele tem chance, sim! Ele é novinho, é bonzinho e vai seguir direitinho o tratamento. Você vai ajudar. E nós também. O Flautinha vai sair dessa.

— Vai sim, pai! — foi tudo o que Preguinho conseguiu falar antes que a enxurrada de lágrimas e lembranças levasse seus pensamentos para longe. Mais precisamente, para a casa de dona Sinhá, na Serrinha. Tudo o que ele pensava naquele momento era na resposta que havia recebido do falecido tio Marcão, no dia em que interpelaram sua alma com o tabuleiro de *Ouija*, na casa da avó do Simão.

Preguinho saiu do quarto, passou pela sala e ficou feliz ao ver que o irmão ainda dormia tranquilamente, agarrado à almofada. As expressões dele próprio e dos pais naquele momento não seriam agradáveis aos olhos do garoto, pensou. Foi até o quintal, pegou sua bicicleta e resolveu dar uma volta pela praça de baixo, para que a pequena cabeça não explodisse com tantas notícias ruins recebidas num só dia. Ao aproximar-se do coreto central da praça, encostou a bicicleta na parede de uma doceria e sentou-se numa mureta ao lado de dois senhores idosos que conversavam. Começou a prestar atenção no papo, enquanto fingia mexer no celular. Como não poderia deixar de ser, os senhores conversavam sobre o assunto do dia. Preguinho queria desesperadamente saber de mais detalhes do que acontecera com a sempre tão doce e dedicada professora Francisca.

— Diz que o corpo da cuitada tava queimadinho de tudo. Tudo cheirano carne queimada. Tão falano até qui ela tava sem coração, mais os perito ainda não confirmáru. Mas cumé qui vão sabê, si queimô tudo, né? Vê se pode? Foi jogada pelo para-brisa do tomóvel e o carro ardeu na brasa! — disse um senhor de chapéu e barbas brancas que portava na cintura um canivete com um cabo que imitava marfim.

— É, seu Zé Galindo! Mas eu tô estranhando! Ela já dava aula há muito tempo no Souzas. Perder o controle na curva daquele jeito? E tava correndo, viu, seu Zé? O policial Silvião, marido da Marinalva, disse que ela tava a mais de cem por hora! Eu tô sempre indo pro Souzas e nunca vi ela correndo com aquele fusca. Ela só andava a menos de sessenta por hora! Tinha dias que até atrapalhava a gente na estrada — disse o outro idoso, cuja mão direita só tinha os dedos mindinho e o polegar. A molecada mais maldosa da cidade, principalmente o bocudo Jonas, o chamava de "Tonhão *hang loose*".

— Parece que os osso queimado do cadávi tá sendo piriciado lá em São José e vai lá pro salão paroquiar. Tarveiz eu dê um pulinho lá dispois pra rezá prela no velório. O Anastácio, marido dela, é meu migão di tudo, cuitado. Vô lá dá uma força prele. Essas tragédia qui contece na vida da gente, né? Só por Deus, Nosso Senhor Jesus Cristo — concluiu o senhor do canivete, ajeitando o chapéu, coçando a barba, levantando-se e já se distanciando do amigo. — Té mais, Tonhão! Bão dia! Se ocê for no bingo di noiti, a gente si incontra lá e conversa mais! Té mais!

Antes que o velho virasse a esquina, Preguinho já estava com o celular na mão e com os polegares acelerados, digitando no teclado virtual. Tentava acionar os amigos Simão e Jonas pelo recém-criado grupo de Whatsapp, batizado de "Caçadores de Cuzaruins". No aplicativo, Jonas era apelidado "Intrépido Besteirento", por razões óbvias; Simão era o "Detetive da Serrinha", pelo seu jeito fofoqueiro; Preguinho era o "Pequeno Gafanhoto", pela magreza; e Flauta era o "Olhos de Lince", por causa dos óculos de grau.

— Caçadores! Temos uma missão urgente! Caverna do Dragão, já! — Preguinho enviou a mensagem.

— Puta que o pariu! De novo? — respondeu Jonas no mesmo instante. Do lado da frase, um *emoji* de uma carinha vermelha de ódio.

— Tô descendo pra Monteiro agora! Vou só terminar de pegar umas taiobas pra minha vó — foi a mensagem de Simão, seguida de um *emoji* de "positivo".

— Traz a tábua, Bocudo! — ordenou Preguinho, numa teclada rápida.

— Vamos brincar com essa merda de novo? — respondeu Jonas, agora terminando a frase com cinco carinhas vermelhas de ódio, um cocô e vários fantasminhas.

— Caverna do Dragão já, repito! Missão urgente! Câmbio final! — concluiu Preguinho, enfiando o celular no bolso. Continuou sentado na praça, observando. Como o movimento estava fraco, voltou a pegar o celular no bolso. Menos de cinco minutos depois, sentiu um forte tapa nas costas.

— Tava vendo mulher pelada aí, né, punheteiro fedorento?

— Nossa, já tá aqui? Que rapidez, Bocudo! Se você me der um tapa assim de novo eu arrebento sua fuça! Trouxe a tábua?

— Trouxe! Tá na mochila! Comigo é assim! Missão urgente é missão urgente e merece demonstração grátis de força e agilidade! E outra! Vim de bicicleta, né, mané? Não gosto de atrasar nos compromissos. Mas fala aí! Sobre o que é essa porra?

— Espera o Simão chegar que eu falo.

— Puta que pariu! Mas eu já imagino! Deve ser sobre a merda que aconteceu com a professora Francisca, né? — respondeu Bocudo, fazendo uma pausa pensativa. — E aquele seu irmãozinho fracote, não vai?

Preguinho fez que "não" com a cabeça, fechou a cara, puxou o ar, baixou os olhos e ficou em silêncio. Enquanto guardava o celular no bolso, viu o amigo Simão já despontando numa velha bicicleta Barra Forte na esquina da padaria do João Carlos. Assim que o amigo chegou esbaforido e suado, Preguinho ordenou que todos se dirigissem até um local que apelidaram de "Caverna do Dragão", situado bem embaixo da famosa "ponte do Leopoldo", a mais ou menos meio quilômetro da praça de baixo, no sentido de Campos do Jordão.

Assim que chegaram na estrutura de cimento armado que passa por cima do rio Buquira, apoiaram as bicicletas do jeito que deu no parapeito e embrenharam-se pelo mato da lateral através de um pequeno vão na cerca de arame. Uma "escada" escavada por eles próprios no barranco dava acesso à escuridão e à umidade do lado de baixo da ponte. Numa pilastra larga de cimento armado que sustentava a ponte na beira do rio, Jonas Bocudo escreveu à tinta "Caverna do Dragão", com uma letra tão torta e infantil que virou piada por meses no grupo de Whatsapp. Abaixo do nome do "esconderijo secreto", devido às gozações, o moleque mais boca suja das redondezas acrescentou um grande "vão si fuder!", escrito com tijolo e com letras ainda mais feias. No interior do local, cercado por teias de aranhas repletas de viúvas-negras e mato, havia um espaço de terra batida varrido com uma vassoura feita de piaçava. Em seu centro, estava fincado um pedaço grosso de madeira de cerca de mais ou menos meio metro de altura. Em cima desse toco, presa por um parafuso enferrujado, havia uma cabeça de plástico do personagem "Darth Vader", com duas cordinhas amarradas nas laterais. Preguinho, o líder, era quem manipulava a cabeça e fazia a voz da "entidade" que apelidaram de "Chefe das Trevas" nas reuniões. Enquanto o garoto puxava as cordinhas e movimentava a cabeça para os lados, ela, obviamente, respondia com um gesto eterno de "não", e assim eram decididas as questões mais importantes do grupo. Brigas e palavrões eram constantes, sempre com a reprovação do "Chefe das Trevas". Simão e Jonas, talvez por serem mais velhos do que os irmãos Preguinho e Flauta, achavam tudo aquilo muito ridículo, mas gostavam da brincadeira e não deixavam de participar e tirar fotos, para depois caírem na risada no grupo dos "Caçadores de Cuzaruins".

Já no esconderijo escuro, do lado de baixo da ponte, ajeitaram-se e sentaram-se em cima de alguns tijolos baianos empilhados ao redor do centro, onde estavam Preguinho e o "chefe de plástico da porra toda", como dizia Jonas, ou "o pica de plástico das galáxias", como apelidou Simão.

— Pessoal, a reunião de hoje tem um motivo muito sério, não é, "Chefe das Trevas"? — disse Preguinho em voz séria e alta, dando fim à algazarra dos amigos e movimentando a cabeça do boneco com os barbantes. A cabeça fez um "não", que, naquele contexto bizarro e dependendo da pergunta, significava "sim".

— Ele respondeu "não" de novo, caralho! É um retardado! — ironizou Bocudo, enquanto cutucava as costelas de Simão ao seu lado, levando-o junto nas gargalhadas.

— Bocudo, por favor! Que merda! Você sabe como funcionam as leis da caverna! Cala essa boca, vai! — ordenou Preguinho. — Coloca essa tábua de *Ouija* no chão, já!

— Beleza, vou obedecer às ordens do "chefe de plástico da porra toda"! — respondeu Bocudo, abafando o riso entre os dentes separados.

Do fundo de sua alma sempre bem-humorada, Simão também tentava, em vão, segurar as risadas. Jonas Bocudo retirou o tabuleiro da mochila e abriu-o no chão de terra batida. Posicionou o ponteiro em cima dele e estalou os dedos.

— Bom, vamos começar! Peço silêncio no recinto, por favor! — ordenou Preguinho. Apesar de ser sempre o mais imerso e sério nas brincadeiras, ele também sorriu de leve pela primeira vez naquele dia. — Bom, vamos lá! Silêncio, caralho! — Com o xingamento, segundos de quietude e paz instalaram-se no recinto da "Caverna do Dragão". O líder continuou: — Chefe das Trevas, isso que está no chão, à sua frente, é o famoso "Tabuleiro de *Ouija*". Talvez o senhor já o conheça nessas andanças pelos infinitos das eras e dos universos conhecidos, não é? — Preguinho puxou as cordinhas e recebeu outro "não" da cabeça preta de plástico. Ouviu risos presos e quase explodindo pelos cantos dos lábios dos amigos, mas prosseguiu: — Sim, eu sabia que o senhor conhecia. Por meio desse objeto ancestral de poderes paranormais, podemos entrar em contato com pessoas mortas. Já usamos duas vezes e deu certo. Tendo essa informação em vista, pedimos licença para usar essa relíquia misteriosa na nossa caverna secreta no dia de hoje. Licença concedida? — Cordinha puxada mais uma vez. Resposta "não" de novo. Simão e Jonas respiraram fundo e olharam para o teto para não rir. — Sim! Muito obrigado, chefe! Pode voltar aos seus aposentos na eternidade! — concluiu Preguinho, já se ajoelhando ao lado dos dois amigos, em volta do tabuleiro.

— Tem certeza de que você quer mexer com isso de novo, mano? Você se lembra do furdunço que foi lá na casa da minha vó, né? Aquele sino maldito ficou batendo sozinho por vários dias... — perguntou Simão, ressabiado.

— Já sei o que você quer com essa porra hoje. Quer falar com a professora — disparou Jonas Bocudo, como se descobrisse algo muito importante.

— Sim. Ouvi umas coisas lá na praça de baixo e quero perguntar diretamente pra ela, que foi a vítima — respondeu Preguinho, já posicionando a mão direita sobre o ponteiro. — Vai, os dois, rápido! Coloquem a mão direita vocês também!

Simão e Jonas entreolharam-se. Agora bem mais sérios, obedeceram às ordens do "líder humano máximo da Caverna do Dragão", título conquistado por Preguinho, aliás, numa disputa acirrada de jogo de palitos. Mãos postas e posicionadas. Preguinho respirou fundo e continuou:

— Espíritos presentes, com licença — todos fizeram alguns segundos de silêncio. — Professora Francisca, a senhora está entre nós?

O vento forte, que antes chacoalhava os pés de mamona para todos os lados, parou de soprar por um instante e o local começou a exalar um cheiro forte de carne queimada. O céu de brigadeiro, que pairava acima da ponte minutos antes, começou a ficar cinza-escuro. O sol forte que queimava o asfalto da estrada foi sendo lentamente obstruído por nuvens pesadas da cor de chumbo. Todas as aranhas do teto da ponte esconderam-se em seus casulos, sob os olhares tensos dos três amigos. O rio Buquira, que sempre fora um pouco mais turbulento, agora parecia muito mais calmo. Depois de alguns segundos de uma espécie de paz absoluta, os três pesquisadores sobrenaturais sentiram as mãos sendo arrastadas para o "Sim" do tabuleiro. Eles trocaram olhares arregalados e sorriram de satisfação, pois sempre cultivaram um carinho especial pela professora Francisca. Preguinho continuou, com o coração disparado:

— Querida professora! É muito bom entrar em contato com a senhora. Já estou com saudades. Posso fazer mais algumas perguntas? — Mais uma vez, as mãos dos moleques foram arrastadas com lentidão para o "Sim" e depois voltaram para a parte de baixo do tabuleiro. — A senhora sofreu um acidente?

O tempo fechou de vez, de um segundo para o outro, como se o céu fosse despencar sobre Monteiro Lobato. O vento e a turbulência no rio recomeçaram com uma força bem maior, gerando ondas e redemoinhos que se chocavam entre si, como se tivessem combinado uma coreografia. As aranhas agitavam-se nos casulos e nas teias, como se tentassem agarrar-se ao máximo para não serem levadas pelos ares. As mãos dos garotos, agora trêmulas como varas verdes, foram arrastadas num solavanco violento para o "Não" do tabuleiro. Preguinho, com os cabelos alvoroçados pela ventania, gritou, enquanto todos posicionavam o ponteiro novamente na parte de baixo do tabuleiro:

— A senhora perdeu o controle do carro sozinha? — Depois que um raio avermelhado como uma luz de sirene de polícia iluminou a "Caverna do Dragão" e um trovão fez tremer as estruturas da ponte e ensurdeceu os garotos, as mãos foram arrastadas num solavanco para o "não". — Então, a senhora foi fechada por alguém por acidente? — berrou Preguinho. "Não" novamente. — A senhora foi fechada por alguém que tinha a intenção de provocar o acidente? — O ponteiro tomou outra direção, arrastou as mãos dos garotos e indicou o "Sim" por várias vezes, subindo e descendo pelo tabuleiro, como se insistisse na resposta.

Preguinho olhou para o alto e fez a pergunta fatídica:

— Professora, a senhora foi assassinada? — Um raio vermelho explodiu e rachou um pé de mamona em dois, e um trovão, logo em seguida, fez com que pedaços pequenos de cimento velho despencassem do teto da ponte sobre as cabeças dos garotos. Cascas de tinta branca, aranhas, baratas, poeira e mato rodopiavam em três redemoinhos coreografados que se formavam no ar acima deles. O cheiro forte de carne e gordura humana queimada intensificou-se. O rio Buquira debatia-se como se fosse uma gigantesca máquina de lavar no máximo da potência, jogando sua água barrenta para todos os lados e molhando os garotos desprotegidos no centro do esconderijo. "Sim", apontou o ponteiro, para o espanto de todos. O líder Preguinho, mostrando sua autoridade do cargo, tomou coragem, aproveitou a oportunidade que julgou única e lascou uma última e ousada pergunta: — E nós conhecemos o assassino? — As três pequenas mãos que seguravam o ponteiro foram levantadas para o alto, acima de suas cabeças e puxadas violentamente para baixo por várias vezes, socando o tabuleiro como se alguém quisesse fincar o ponteiro de madeira no "Sim".

De repente, os três redemoinhos de poeira, insetos e entulho que giravam sobre as cabeças dos garotos uniram-se, formando uma só força descomunal. A violência do vento deslocou o seu centro gravitacional para cima do tabuleiro e atirou os garotos de costas no chão de terra batida como se fossem corpos já sem vida. Preguinho bateu a cabeça contra uma das pilastras de concreto da ponte e perdeu a consciência. O tabuleiro, juntamente com o ponteiro, começou a ser sugado para o centro do grande redemoinho. Ambos giravam em alta velocidade, como se estivessem dentro de um enorme liquidificador. A pequena cabeça de plástico de Darth Vader também girava como um pião enlouquecido em seu eixo de parafuso enferrujado. Sob olhares paralisados e atordoados de Jonas Bocudo e Simão – que não conseguiam levantar-se, pareciam acorrentados ao chão –, o redemoinho arrastou o objeto de comunicação com fantasmas até o centro do rio Buquira, onde os pequenos redemoinhos também se uniram num grande buraco vermelho no rio. No interior dele, vários dentes afiados movimentavam-se em círculos das bordas para o centro. Antes que o tabuleiro fosse atirado e engolido pela imensa boca que se projetava da correnteza, pairou no ar, foi partido em dois, depois em quatro, como se alguma entidade o segurasse com as duas mãos e usasse o joelho para parti-los.

A última coisa que Jonas Bocudo e Simão viram antes de o tabuleiro e o ponteiro desaparecerem nas profundezas do rio foi um relâmpago vermelho, seguido de uma explosão que quase levou a ponte abaixo. Os dois amigos acordaram minutos depois. Tudo estava normal e tranquilo como sempre fora na "Caverna do Dragão". A única diferença era que Preguinho ainda estava caído próximo à pilastra central, com um profundo corte na testa. Ele revirava os olhos e chorava copiosamente, enquanto esfregava a mão direita no rosto ensanguentado.

CAPÍTULO 9
INFÂNCIA

— **Vai,** Ditinho, segura essa! Você não é o bonzão? Tem mais um monte aqui — gritou Adão, enquanto arrancava mais uma goiaba do alto do pé e a atirava com força em direção ao amigo. Ditinho, brincando de navio pirata na ponta de um galho grosso da goiabeira, soltou as duas mãos e agarrou a fruta como se fosse um goleiro experiente.

— Essa tá madurinha, Adão. Você tá ficando bom nesse tipo de roubo — respondeu o futuro coveiro, com um sorriso torto estampado no rosto magro.

Era final dos anos 1960 e aquele assalto ao pomar do velho e sovina Guiomar rendia mais do que o necessário para a alimentação dos dois moleques esfomeados. O saldo daquele começo de noite havia rompido as barreiras do positivo. Seis mangas maduras, dezoito goiabas e quatro espigas grandes de milho verde. Roubar quintais era uma atividade corriqueira dos amigos e a fama da dupla espalhava-se como fogo em pasto sem aceiro pela pequena cidade de São Bento do Sapucaí, interior de São Paulo, na divisa com o sul do estado de Minas Gerais. Depois de atirarem em dois sacos de estopa o resultado do saque à última goiabeira, os pequenos ladrões deslizaram árvore abaixo, como se fossem piratas experientes agarrados às cordas de uma grande caravela.

— Adão, dá pra gente assar o milho lá em casa. O que você acha? Não tem ninguém lá. Depois que a minha mãe morreu, meu pai sai toda noite pra beber no bar do Bira. Ele chega tarde e geralmente já vem chapado de tudo e beijando o chão como um tamanduá. Trançando as pernas mesmo. Virando o zoio! — disse Ditinho, rindo e cuspindo um bicho de goiaba no chão de terra batida.

— Ditinho, se você tiver certeza memo que ele não vai chegar, a gente vai lá. Mas se ele der as cara, a gente tá ferrado! Eu conheço a fama do seu pai! — titubeou Adão, já separando os bambus secos da cerca e abrindo um buraco que serviria de passagem para a segurança da rua mal-iluminada.

Com os dois sacos abastecidos, os amigos tomaram rumo em direção ao bairro do Paiol Grande, onde Ditinho morava com o pai. A cidade de São Bento estava quieta como sempre e escura como nunca, apesar das lâmpadas elétricas pálidas e amareladas penduradas nos postes de tronco de eucalipto. A pouca iluminação das ruas era uma bênção e uma segurança a mais para os dois pequenos ratos de quintal. Ao caminharem entre sapos esmagados por carros, mariposas e insetos que rodeavam a base de um dos postes que margeavam a rodoviária famosa pelas coxinhas deliciosas, ouviram um grito carregado do português de Portugal vindo de longe.

— Pega! Pega esses moleques! Filhas da puta! Vão roubar a puta que os pariu! Seus filhas da puta!

— Nossa Senhora! Ave Maria! Acho que o velho Guiomar já chegou da novena dos velho moribundo. Velho safado! Muquirana dos infernos! Essas frutas iam tudo apodrecer memo e o infeliz fica regulando! Corre, Ditinho! Corre que o velho tá brabo! — esgoelou Adão, tirando os chinelos Havaianas surrados dos pés, jogando um dos sacos nas costas e correndo em disparada morro acima, depois morro abaixo, já pegando o início da estrada do Paiol Grande. Antes que ele pudesse terminar a frase embebida em desespero infantil e risos, Ditinho o ultrapassou às gargalhadas, também com um saco nas costas e cuspindo lascas de casca de manga madura pela estrada.

A casa em que Ditinho morava com o pai alcoólatra ficava a três quilômetros do centro da cidade, no sentido da famosa "Pedra do Baú". No percurso sinuoso da estrada de terra não havia iluminação que desse conta de indicar o rumo. Apenas uma meia lua pálida iluminava os olhos incandescentes das corujas, gatos e outros predadores que saíam para suas costumeiras caçadas noturnas. Entre uma curva e outra, os assuntos entre os moleques revezavam-se. Uma hora era futebol, outra hora eram técnicas avançadas de pequenos delitos, e, na seguinte, assombrações e mistérios do universo.

— Ditinho, você não tem medo de dormir na cama em que sua mãe morreu?

— Não, Adão. Tenho mais medo do meu pai do que da minha mãe. Ele tá vivo e me bate direto, já te falei! E ele batia muito na minha mãe também! Descia a mão sem dó... — Ditinho fez uma pausa, respirou, olhou para a lua e continuou: — Minha mãe, tadinha. Era boazinha demais comigo, mas agora descansa na sombra da cruz... — continuou o garoto, respirando um ar tão pesaroso e carregado que fez o amigo dar dois tapinhas em suas costas. — Sabe, Adão? Até hoje não acredito que minha mãe teve a tal da "morte natural". Essa história malcontada não entra na minha cabeça nem fodendo! Lembro que meu pai chegou miando de bêbado em casa e brigou muito com ela na noite em que ela morreu "de morte natural". Amanheceu toda roxa e inchada, mas o doutor Silva disse que foi infarto fulminante. Eu não acredito...

— É... não sei... sei lá... e seu pai? Continua batendo nocê?

— Essa semana, ainda não! Tô me escondendo como posso daquele demônio. A última vez que ele me bateu foi na semana passada, quando eu deixei o leite fervendo e fui ler aquela revistinha do Brucutu que você me emprestou. Aí aconteceu que eu esqueci do *mardito* leite, ele ferveu e derramou tudo no fogão. — Ditinho ajeitou o seu saco de frutas no outro ombro, respirou fundo o ar puro da Serra da Mantiqueira e continuou. — Adão, você é meu amigo e vou te contar uma coisa, posso? Promete que não conta pra ninguém?

— Claro! Pode desabafar. O padre Alcântara disse na missa das crianças que os amigos da vida inteira servem pra isso. E falou que conversar com um amigo faz bem.

— Então, tá bom! É que eu não tô aguentando mais. Tô pensando em fugir de casa, cara! Tô até juntando um dinheiro. Acho que vou pra São José dos Campos. O que você acha?

— Ah, não sei, não! Cê vai morar onde lá?

— Eu conheço uma amiga da minha mãe que mora do lado do cemitério de Santana, lá perto da Rodosá, na beirada do Rio Paraíba. Tô pensando em bater na casa dela e perguntar se eu posso ficar lá até arrumar um emprego e um lugar pra morar.

— Bom, cê que sabe. Mas tem que tomar cuidado lá! Você é novo, tem só dez anos, e o padre disse que a cidade grande engole a gente que nem tubarão com fome!

— Ah, isso é... — Ditinho titubeou, olhou para baixo e mergulhou no silêncio. O teor sério da conversa nem o fez perceber que já se aproximavam da casa do pai. Assim que notou, falou, desconversando: — Adão, sobe em cima desse barranco aí e olha lá pra minha casa. Se alguma luz estiver acesa, a gente dá no pé!

A casa do pai de Ditinho era na próxima curva da estrada e tornava-se visível do alto de um barranco apinhado de capim-gordura e liso feito sabão. Depois de jogar o saco de frutas no chão e dar quatro passadas largas, trepando barranco acima com a agilidade de um cabrito montês, Adão cerrou os olhos e só viu o sutil contorno da serra recortando o céu acima da pequena casa.

— Tá tudo apagado, Ditinho! Vamos correr com isso e assá esse milho logo! A gente assa rapidinho e leva pra comê lá na biquinha, perto da Cachoeira dos Amores.

∗∗∗

Não eram nem oito horas da noite quando o carvão em brasa esturricou o acabamento de vermelhão já rachado do pequeno fogão a lenha. Ditinho enfiava mais lenha no inferno e Adão abanava o fogo com uma tampa de panela de alumínio. Quatro grandes espigas de milho foram atiradas entre os blocos incandescentes e vermelhos de carvão. Enquanto os dois aguardavam a comida e salivavam, Adão caminhou pela casa, observando os ambientes da cozinha e da sala. Estranhou algo e não conseguiu segurar a curiosidade.

— Ditinho, cadê os móvel da sua casa? Televisão, sofá, geladeira? Cadê aquele pinguim feio de louça que ocê ganhô na quermesse e deu pra sua mãe? E aquele São Jorge que eu ganhei na rifa da festa junina do quilombo e dei procê?

— Adão, não contei pra você, né? Meu pai vendeu tudo. Tá desempregado desde que minha mãe morreu, aí o dinheiro faltou e ele vendeu todos os móveis e bugigangas que a gente tinha. Até as camas! Tô dormindo num colchão que aquela assistente social me deu, aquela gordinha casada com o Juvenal Padeiro, a dona Nair. — Ditinho tossiu quando um fantasma de fumaça levantou do fogão e invadiu seu pulmão.

— Mas não ligo de dormir assim, não! Não vou ficar muito tempo aqui mesmo! É provisório!

Um latido de cachorro ecoou na serra com o mesmo assombro de um uivo de lobisomem e chamou a atenção dos amigos, que pararam imediatamente de conversar. Enquanto revirava uma espiga de milho na brasa com um pedaço de bambu verde, Ditinho olhou apreensivo para Adão, cujos olhos já estavam também incendiados pelo medo.

— Meu pai! Não acredito que esse desgraçado vai chegar cedo logo hoje!

— Puta que o pariu, como é que a gente sai daqui agora? — gritou Adão, levantando as sobrancelhas e mordendo o lábio inferior, enquanto jogava outra espiga de milho no braseiro.

— Me segue! Vamos sair pelos fundos — respondeu Ditinho, já se atirando pela porta da cozinha que dava para o terreiro.

Nos fundos do pequeno quintal, havia um portão surrado de madeira remendado com partes de latas de sardinha Coqueiro e óleo Mazola. Ditinho abriu-o com a destreza de quem o conhecia bem. Adão passou correndo através dele e fechou-o, batendo duas vezes para que travasse num pedaço de metal que servia de trinco. Os dois correram em disparada por dentro de um terreno baldio que servia ora de pasto para cavalos, ora de campo de futebol para a criançada que vinha até de outros bairros para peladas improvisadas e sempre muito disputadas.

Quando os amigos chegaram na estrada de terra que cortava o bairro do Paiol Grande, Adão, visivelmente assustado, despediu-se de Ditinho, dizendo que tinha que ir embora, porque já era tarde e ele não queria perder a hora da aula do dia seguinte. Ditinho viu a mentira e o medo piscando feito neon na testa suada do companheiro de aventuras, mas o abraçou calorosamente e deixou-o ir embora.

Sentindo-se sozinho e ainda respirando sua cota de medo, Ditinho subiu como um gato no barranco de onde dava para ver sua casa. Sentou-se à luz do luar e ficou aguardando, pensativo e inquieto, passando uma mão na outra, como se estivesse lavando-as. Imaginou que, talvez, seu pai, inebriado pelo poder do álcool, pegasse no sono em poucos minutos. Enquanto aguardava, lembrou-se de que, naquele mesmo horário, todas as noites, a mãe esperava-o com um sorriso no rosto e uma sopa quentinha borbulhando na panela estrategicamente posicionada em cima do velho e sempre eficaz fogão a lenha. Uma noite era caldo verde, outra, caldinho de feijão com toucinho, e outra, para alegria de Ditinho, sopa de mandioquinha salsa. Outra coisa que o garoto arrancou a fórceps da cabeça, sob a névoa do sereno que aumentava, é como ele gostava das tardes de domingo, quando podia assistir ao programa "Jovem Guarda" deitado no colo quente da mãe. Riu satisfeito quando lembrou que sentia mais apreço pela rebeldia *rock' n' roll* do "Tremendão" Erasmo Carlos, enquanto a mãe era mais chegada nos trejeitos românticos do "Rei" Roberto. O menino hiperativo amava a rebeldia e a velocidade do *rock' n' roll* e, sem saber o porquê, sentia um prazer especial quando ouvia a música "Quero que vá tudo pro inferno". "Seria uma espécie de fantasia? Seria um tipo de fuga da realidade? Seria uma vontade real de mandar para o inferno aquela vida de um filha da puta covarde que via a mãe ser espancada quase todas as noites e não esboçava reação?", questionava-se, de cócoras no barranco, tremendo de ódio e mordiscando um talo de capim-gordura. Foi quando uma lágrima salgada misturada com sereno escorreu pela sua face sem expressão e serviu de estopim para algo que sempre quis fazer.

Num impulso, como se uma bomba nuclear explodisse dentro do seu peito, Ditinho levantou-se. Ouviu os roncos internos dos motores da raiva acelerados e prontos para entrar em ação. Sentindo cada válvula do seu coração bombear sangue envenenado de ódio e rancor para os seus músculos frágeis, inspirou, olhou para a lua, expirou o ar da serra e partiu em desabalada carreira barranco abaixo, levando no peito o mato e tudo o que houvesse pela frente. Passou correndo ao lado de uma cerca de horta recém-instalada e, num solavanco, arrancou um pedaço pesado, grosso e roliço de bambu verde. Empunhou-o como se fosse um jogador de *baseball* e socou-o no chão duas vezes, com tanta força que abriu dois grandes buracos. Pegou a rua da sua casa como se tivesse absoluta certeza do que ia fazer. Não havia mais tempo, paz e paciência em seu coração e em sua alma para esperar nenhum tipo de providência divina. Aquele era o momento de acertar todas as contas vencidas da vida com o pai. O garoto bufava, suava e tremia como um cachorro louco com overdose de heroína. Chutando as pedras e sapos do caminho, chegou em frente ao portão de ferro fundido da casa que, àquela altura, já estava completamente arreganhado. Olhou para os dois lados da rua deserta em que ficava a residência, benzeu-se do jeito tosco que sabia e entrou pelo portão a passos firmes, na intenção de aprender o que aquela raiva toda haveria de ensinar. A fúria do pai ele conhecia de cor. A dele próprio, ainda não. Aquela seria a noite do aprendizado maior. Sua mãe merecia e receberia no céu a energia libertadora da sua raiva do pai alcoólatra, pensava ele, enquanto abria a porta de madeira rústica da pequena sala e entrava. De um instante a outro, todo o ódio acumulado e envelhecido em barris de carvalho e temperado com as lembranças das agressões corriqueiras à mãe transformou-se em medo, mas Ditinho continuou perscrutando o ambiente, silencioso como um animal espreitando sua presa. Ao aproximar-se da entrada da cozinha, sentiu o cheiro forte da pinga "51" invadir suas narinas. Desacelerou o passo e separou devagar, com a ponta dos dedos, a cortininha de plástico colorido que servia de "porta" entre os dois cômodos. Segurou com força o seu "taco" de bambu verde ao ver o pai desacordado e sentado na única cadeira disponível na casa, a mais ou menos um metro do fogão a lenha, que continuava aceso. A cabeça do desgraçado estava envergada para baixo, como se tivesse caído no sono enquanto vomitava. O velho roncava e babava sobre uma bacia apoiada em seus joelhos. Dentro dela, quatro espigas de milho estavam misturadas ao vômito, algumas roídas parcialmente, outras intactas. Por um momento, Ditinho perdeu-se em pensamentos conflitantes. Não sabia exatamente o que pretendia fazer. Sentia dó do pai, mas queria muito mandá-lo para o quinto dos infernos. Sentia saudades da mãe e, com aquele gesto, pretendia ressuscitá-la na condição de santa que era. Enquanto embrenhava-se e perdia-se nos labirintos da mente, tentava entender o que se passava ao seu redor. Arregalou os olhos e sentiu o motor do coração acelerar ainda mais quando o viu o pai levantando a cabeça num movimento rápido.

— Teresa, é você? — resmungou o velho, enquanto coçava o olho direito com uma das mãos e tateava o ar esfumaçado da cozinha com a outra. A bacia de alumínio escorreu entre suas pernas bambas e espatifou no chão, espalhando vômito e espigas de milho por todos os lados. Com o barulho do metal contra o piso, o homem embriagado despertou de vez: — Ah, é você, Ditinho? Seu desgraçado!

— Minha mãe tá morta faz tempo! E sou eu, sim, por quê? Você é que é um desgraçado, seu pingaiada do caralho! Seu velho fodido! — respondeu Ditinho, fincando as unhas das mãos no bambu verde até riscar.

— Tá bravinho, é, moleque? Tá com saudade da mamãezinha, né? Aquela corninha... — murmurou o homem bêbado, rindo entre os dentes pretos e podres.

Como se fosse possuído de uma hora para outra por um demônio, o homem cambaleante levantou-se num pulo e partiu em direção ao filho único.

— Vem pra cima de mim pra você ver, filha da puta! Quer bater em mim de novo, né? Então vem que eu arregaço o senhor na bambuzada! Pensa que eu tenho medo? Então, vem! — gritou Ditinho, respirando o ar misturado à fumaça e ao álcool. Seu nariz fazia um barulho parecido com o de uma válvula de panela de pressão, tamanha era a velocidade com que inspirava e expirava.

O velho alcoólatra alternou a expressão no rosto enrugado. Como se apertasse um botão, foi da ironia embriagada à raiva assassina em poucos segundos. Deu dois passos acelerados em direção ao filho e, mesmo trôpego, tentou tirar o pedaço de bambu de suas mãos. Ditinho conseguiu desviar-se do pai e desferiu uma pancada tão forte nas costas dele que o grito de dor encheu os ares da serra de ecos. O homem cuspiu um pouco de sangue, como se algo tivesse explodido por dentro, e correu novamente em direção ao garoto assustado. Com dificuldade, o velho abaixou-se e pegou a tampa torta de alumínio usada para atiçar a lenha e atirou-a com força. Ditinho, enquanto andava para trás e fazia um movimento brusco com o bambu na tentativa de atingir o objeto, tropeçou numa das espigas roliças espalhadas pelo piso e caiu de costas no vômito que escorria pelo cimento queimado. O taco de bambu escapou-lhe das mãos e rolou próximo aos pés do pai. O velho sorriu, bateu palmas lentas carregadas de ironia, abaixou-se da maneira que pôde e, olhando para os olhos arregalados do filho caído, agarrou o bambu.

— Foi o senhor que matou minha mãe, né? — gritou Ditinho, enquanto sujava as mãos no vômito na tentativa de levantar-se.

— Sim, foi! E daí? Aquela vagabunda tava me corneando! E mato você também, se reclamar muito! E outra! Acho que você nem é meu filho, seu desgraçado!

— Filho da puta! — gritou Ditinho, começando a chorar, mas sem que a expressão do rosto denunciasse tristeza.

O velho, com o máximo da força que possuía, levantou o bambu e desferiu-o violentamente sobre o filho, atingindo o seu braço esquerdo. Apesar da dor que sentira, Ditinho não gritou. Apenas lágrimas frias como gelo escorriam pelo seu rosto cadavérico. O menino puxou o máximo de ar que conseguiu para dentro dos pulmões, levantou-se e correu em direção ao pai. Levou outra paulada ainda mais violenta, agora no meio das costas. De costelas aparentemente quebradas, caiu de joelhos e arrastou-se como uma lesma pelo chão da cozinha, todo liso de bile estomacal. Foi quando o pai riu alto e cutucou-o na bunda com o pedaço de bambu.

— Vai fugir, viadinho? Gosta de um bambu grosso no rabo, né? Safado!

Enquanto gemia de dor e deslizava pelo cimento, Ditinho lembrou-se da lata de querosene que o pai guardava debaixo da pia da cozinha e que usava para acender a lenha do fogão nos poucos dias em que conseguia cozinhar. Sentiu mais uma cutucada forte no cóccix com o bambu, mas não ligou.

A ideia do que fazer com o combustível fez com que Ditinho não sentisse mais nada. Sua alma calejada exalava desprezo, raiva e fogo.

— Olha o bambuzinho no rabinho virgem! Olha! — gritava o pai, enquanto ria e divertia-se fazendo sacanagem com a ponta do "taco".

Impulsionado pela alta dose de adrenalina injetada em suas veias e sentindo a urgência do momento, Ditinho esticou o braço esquerdo por debaixo da pia e puxou a lata de querosene contra o peito. Abraçou o recipiente como um filho e levantou-se, escorando na beirada da pia de mármore. Encarou o pai. Seus olhos estavam mais para o fogo implacável do inferno do que para a ingenuidade inata de uma criança de dez anos.

— Dá essa lata aqui, pivete!

— Vem pegar!

O pedaço de bambu cortou o ar e acertou em cheio o meio da lata de querosene, derrubando-a das mãos de Ditinho. O cheiro do combustível espalhou-se imediatamente pelo ambiente, assim como o próprio líquido, que respingou na parede e formou uma grande poça sob os pés do garoto e do pai. Ditinho correu por cima do combustível e, num salto, agarrou no pescoço do pai, que acabou dando dois passos desequilibrados para trás. O garoto, ao mesmo tempo em que laçava o pescoço do velho com o braço esquerdo, tentava socar sua cara com a mão direita. O pai ria alto e tentava soltar-se. O riso cessou e virou um gemido de animal moribundo quando, numa virada rápida, Ditinho atingiu a boca do estômago do homem com o joelho direito. Abobado e dolorido pela violência do gesto do filho, o velho estourou os joelhos no chão molhado de vômito e querosene e acabou largando o pedaço de bambu. Ditinho saltou do pescoço do pai, correu e agarrou o seu "taco de *baseball*" no chão. O velho agora estava de quatro na poça de material inflamável, praguejando e tentando levantar-se. Quanto mais fazia força, mais o homem deslizava nos líquidos como se fosse um porco ensebado. Ditinho gritou de raiva, posicionou-se ao lado do pai, levantou o bambu na maior altura que conseguiu e desferiu nele uma paulada tão forte na nuca que o fez cair de boca no chão e perder os poucos dentes podres que lhe restavam. Enquanto o velho agonizava de bruços e seu sangue tingia o combustível de vermelho, Ditinho percebeu que as paredes e a janela da casa que ficavam mais próximas ao fogão rústico já estavam em chamas. Os respingos do querosene começaram seu inevitável *show* de pirotecnia. Só deu tempo de o garoto sair em disparada até o seu quarto, pegar a latinha cheia do dinheiro que economizara e correr para fora de casa. Como não havia vizinhos próximos, não se preocupou em estar sendo observado. Disparou no sentido da estrada principal em longas pernadas, ainda segurando com força o pedaço de bambu ensanguentado. Escalou o barranco em que estivera antes e esperou para regozijar-se com o espetáculo pirotécnico que há muito tempo ansiava. Em menos de cinco minutos – e depois de ver muita fumaça saindo pelas janelas e portas –, Ditinho observou sua pequena casa arder em chamas altas, tal qual uma imensa fogueira de festa junina. O diabo havia sido queimado vivo. "O diabo não gosta de fogo? O diabo não gosta do inferno? Então, queima, filho da puta!", pensou, antes de correr até um pequeno córrego, jogar o bambu e a camisa suja de sangue e fedendo a querosene dentro dele e lavar as mãos, a cabeça e o peito. Lavou também a cueca e o *short* e vestiu-os de novo. Tateou as costelas e verificou que não havia nenhuma quebrada. Esperou por alguns minutos até que seu corpo e sua roupa secassem um pouco e correu pela estrada até chegar a uma casa onde sabia que havia um telefone.

Auxiliado pelos moradores assustados, ligou para a polícia de São Bento do Sapucaí. Com a voz mais calma que conseguiu, disse ao delegado Almir que havia chegado em casa depois de um banho de cachoeira e que não pôde fazer nada pelo pai, pois a residência já se encontrava em chamas. Como o pai era um bêbado conhecido pela violência e pelas besteiras que fazia, e o garoto tinha uma boa fama na cidade, apesar dos pequenos furtos, a história colou. Ditinho riu por dentro. "Essa é pra senhora, mãe! Sua bênção!", pensou, já no interior do carro da polícia. Foi levado até a delegacia. O delegado de plantão fez o boletim de ocorrência e o menino foi liberado sem que ninguém fizesse nenhum tipo de exame em seu corpo. Depois, foi encaminhado para o salão paroquial da cidade, onde tomou um banho demorado, ganhou roupas limpas, jantou quirerinha com costela de porco bem tostada e dormiu feito um anjo.

"Nunca dormi tão bem em toda a minha vida", pensou Ditinho, gargalhando em seu íntimo e fingindo tristeza e cara de luto por fora, enquanto tomava café com o padre Alcântara na manhã seguinte. A prefeitura da cidade encarregou-se do enterro de seu pai no mesmo dia e o caso foi encerrado. No boletim de ocorrência, o resumo de tudo: "Morte acidental causada por queimaduras múltiplas".

CAPÍTULO 10
A CRUZ SE MEXE MAIS UMA VEZ

— **Meu** Deus, o que aconteceu com você, Alessandro? — gritou dona Anita, no final daquela tarde, ao ver o filho despedindo-se dos amigos e entrando no portão dos fundos da casa que dava para a área externa. Ela largou os prendedores e o cesto de roupa lavada na grama e correu em direção ao garoto.

— Nada, mãe! É que a gente foi nadar lá no rio, debaixo da ponte do Leopoldo e eu pulei de cabeça no rasinho. Eu tô bem, só tô um pouco zonzo! — respondeu Preguinho, apontando para um corte profundo na testa, de mais ou menos cinco centímetros, rodeado por uma imensa mancha roxa. Ele não queria e nem sabia explicar a verdade do que acontecera naquela manhã debaixo da ponte, na "Caverna do Dragão".

Dona Anita, sem tirar o avental sujo que usava, pegou na mão do filho e arrastou-o até o centro de saúde, que ficava a poucos metros de sua casa, do outro lado da rua. Chegando lá, a enfermeira de plantão, uma senhora alta de fisionomia estrangeira e de nome Judite, começou a dar os primeiros pontos no corte.

— Essa molecada é muito danada! Imagina, nadar naquele lodo lá? Aí, se machuca, pega infecção e morre sem saber. Aquilo lá é um perigo! Quando meu filho era mais novo, sempre me dizia que tinha um matadouro de animais lá perto e que, vira e mexe, achava bucho de vaca podre preso no fundo do rio. Imagina isso? Esse povo é louco de nadar lá! — disse a enfermeira, com a voz séria de diretora de escola e palavras rápidas, enquanto Preguinho fechava os olhos e sentia o metal da agulha atravessando a carne da sua testa. O efeito da anestesia local ainda não surtira efeito, para seu desespero.

O procedimento cirúrgico durou apenas alguns minutos. Em pouco tempo, dona Anita e o filho assustado foram liberados pela enfermeira. Voltaram para casa conversando a respeito do "acidente". Ao abrirem a porta da sala pelo lado de fora, viram seu Gilmar sentado numa poltrona da sala, com um copo cheio de cachaça na mão, enquanto o pequeno Flauta dormia ao seu lado no sofá.

— O Flautinha não tá bem, não! — balbuciou seu Gilmar, virando um grande gole de pinga na garganta em seguida. Ele nem olhou para a esposa e o filho mais velho. Seus olhos estavam direcionados para a televisão, mas sua mente parecia aterrissar em outro planeta. — Não quis comer nada, não quis brincar, nem nada! Tentei de tudo! Juro que tentei!

— Ô, meu Senhor! Vou fazer um chá pra ele tomar com o remédio que o médico indicou. Tá na hora, já! — comentou dona Anita, atônita, dirigindo-se apressada para a cozinha. Preguinho sentou-se ao lado do pai, ficou em silêncio por alguns segundos e falou:

— Pai, o senhor nem notou, né? Pulei hoje de cabeça no rio e cortei a testa, olha!

Preguinho apontou para o grande curativo colado com esparadrapos na testa, esperou por uma resposta ou um alento, mas nada. O pai apenas virou mais um gole de cachaça na garganta.

— Pai, olha o roxo que ficou aqui na minha...

— Cala a boca, moleque! — gritou seu Gilmar, interrompendo o filho e dando um soco forte no sofá. Preguinho arregalou os olhos. — Não tá vendo que o seu irmão tá doente? — O homem desviou os olhos da televisão e encarou o filho, com a cara distorcida de raiva. — E tem outra coisa! Eu vi você e os seus amigos indo pra ponte do Leopoldo hoje cedo. E estavam levando aquela merda de tábua de fantasma! Cadê aquele lixo? Não quero ver vocês brincando com aquilo mais!

— Pai, nós fomos lá na ponte por isso mesmo. Pra jogar o tabuleiro no rio — respondeu Preguinho, com a voz baixa e expressão triste, tentando encerrar o assunto.

Com o grito de seu Gilmar, Flauta abriu os olhos devagar, virou a cabeça de um lado para o outro, balbuciou algumas palavras incompreensíveis e fechou-os novamente. A mãe chegou segurando uma xícara e dois comprimidos e cutucou o filho. Seu Gilmar ajudou a levantar o garoto, sentou-o no sofá e a mãe o fez engolir os remédios com o chá morno de camomila. Depois de beber e engasgar um pouco, Flauta não falou mais nada. Ficou apenas olhando para a televisão, enquanto Preguinho mudava os canais. Dona Anita dirigiu-se para a cozinha, chamou o marido e lhe disse, entre os dentes:

— Se o menino não melhorar até o começo da noite, vamos ter que levar ele pra São José dos Campos. E vê se pára de beber, por favor, Gilmar! Eu fui no posto com o Alessandro agora há pouco e a ambulância não tá lá. Se tivermos que ir pra São José, você vai ter que ir dirigindo.

Seu Gilmar apenas consentiu com uma respiração forte e um gesto positivo de cabeça. A esposa o olhou com ternura e lhe fez um carinho, passando os dedos entre os cabelos quase grisalhos. Enquanto ela se deslocava até a pia para começar a cortar cenouras e batatas para o preparo de uma sopa, o marido entrou no banho. Foi quando risadas altas explodiram na sala. Preguinho e Flautinha divertiam-se assistindo ao seriado norte-americano "Todo mundo odeia o Chris". Dona Anita largou os legumes e a faca na pia, o marido desligou o chuveiro na metade do banho, secou-se e ambos correram para a sala com sorrisos iluminados estampados nos rostos.

— Filho, você melhorou! Que bom, meu amor! — disse a mãe, pulando no sofá e dando um longo abraço em Flauta. O pai veio por trás e abraçou os dois simultaneamente. Preguinho só olhava, sorrindo aliviado.

— Acho que sim, mãe, mas tô ouvindo um zumbido na cabeça... — respondeu Flauta, colocando as duas mãos espalmadas perto das orelhas.

Assim que a mãe coruja enxugou as lágrimas e largou o moleque, foi a vez do pai demonstrar o seu amor. Seu Gilmar pegou o filho por baixo dos braços, levantou-o e girou seu pequeno corpo no ar, como se ele fosse um ventilador humano. O homem gargalhava, enquanto Flauta agarrava seu pescoço e lhe dava um puxão nos cabelos por trás, como sempre fazia para induzi-lo para o que chamavam de "lutinha".

Preguinho não resistiu e resolveu entrar também na brincadeira. Levantou-se, subiu no sofá e atirou-se, agarrando o pescoço do pai por trás, como fazia desde a mais tenra idade. Seu Gilmar gargalhava cada vez mais alto e tentava desvencilhar-se, enquanto os dois moleques, que já não eram mais tão pequenos assim, dependuravam-se em seus membros, cabeça e tronco. Foi quando o homem, tonto pelo álcool e pelos giros, perdeu o centro gravitacional do corpo, desequilibrou-se e caiu de joelhos com o peso dos dois filhos em suas costas. O movimento da queda fez o pequeno Flauta soltar-se do pescoço do pai e despencar feito fruta madura de seu colo. Os óculos grossos do garoto voaram e as lentes despedaçaram-se no chão. O garoto bateu o globo ocular direito no braço de madeira de um dos sofás, estatelou-se no chão e começou a chorar.

O barulho da queda fez a mãe largar tudo na cozinha mais uma vez e correr para a sala. A cena que presenciou a fez cair em prantos. Flauta chorava compulsivamente sentado ao lado do sofá, com um olho roxo e inchado vertendo lágrimas. O marido estava no meio da sala ajoelhado, com as duas mãos no rosto também molhado de tristeza. Dona Anita nunca o vira tão desconsolado e paralisado na vida. Preguinho estava em pé ao lado do irmão, tentando acalmá-lo, passando a mão na sua cabeça.

— Não é possível! Já falei tanto pra vocês não brincarem mais disso! — foi a única coisa que dona Anita conseguiu falar entre as respirações aceleradas, os soluços intermitentes e as lágrimas.

Ela se abaixou num movimento rápido, pegou o pequeno Flauta no colo e ele a abraçou com força, mas não por muito tempo. O menino perdeu os sentidos e sua cabeça pendeu sobre o ombro direito da mãe. Seu Gilmar levantou-se e correu atrás da esposa, que já atravessava a rua com o garoto desacordado envolto nos braços. O homem correu na frente até o posto de saúde, gritando desesperadamente pelo médico. Doutor Braga, o plantonista, por sorte já estava em seu local de trabalho. Pouco tempo depois, o profissional chegou no saguão, analisou a situação, pegou o garoto do colo de dona Anita, levou-o até o ambulatório e fechou a porta. A família de seu Gilmar aguardou apreensiva do lado de fora. Próximos da mesa da recepção, todos esperavam entre rezas e choro, enquanto a enfermeira Judite tentava acalmá-los com copos cheios de água com açúcar. Menos de cinco minutos depois, o doutor Braga abriu a porta e saiu com o olhar atônito, pedindo para que a ambulância fosse acionada imediatamente. A enfermeira Judite pegou o celular e ligou para Silas, o motorista do posto de saúde, que apareceu em menos de dois minutos. O jovem estacionou o veículo no pátio do posto de saúde e acionou as sirenes. O pequeno corpo desfalecido de Flauta foi colocado em uma maca, que foi acomodada e travada na parte traseira da ambulância. Seu Gilmar sentou-se junto com a enfermeira Judite ao lado da maca do filho e segurou a mão do menino com força. A enfermeira, demonstrando habilidade e experiência, ajustou um respirador na boca do garoto e ficou monitorando seus batimentos cardíacos e sua pressão sanguínea por meio de um aparelho digital que apitava de tempos em tempos. Dona Anita e Preguinho acomodaram-se no banco da frente do veículo, ao lado do motorista. Todos seguiram viagem num silêncio absoluto. O trajeto de menos de trinta quilômetros até o Hospital Municipal de São José dos Campos era um grande obstáculo para a sobrevivência do jovem lobatense. Dona Anita e seu Gilmar sabiam disso e rezaram pedindo para que Deus mostrasse sua força e intercedesse pelo filho caçula.

Quando a ambulância pegou à sinuosa "SP-50" e aproximou-se do bairro do Taquari, ainda no início do trajeto, Preguinho perguntou baixinho para a mãe, quebrando o silêncio e o ar parado do interior da ambulância:

— Mãe, você acha que ele vai morrer?

— Não sei... — respondeu dona Anita, reticente, como se não quisesse nem imaginar tal situação. Ao ver um terço azul de plástico pendurado no espelho retrovisor da ambulância, ela imediatamente o agarrou e posicionou-o entre as duas mãos juntas, em oração.

— Se ele não morrer, eu prometo que não vou nunca mais chamar ele de "quatro zoio", tá? — retrucou Preguinho, com lágrimas escorrendo pelo canto dos dois olhos.

— Filho, isso é normal. Crianças são assim mesmo. Às vezes, são cruéis com as outras — disse dona Anita, sentindo dificuldades em emitir as palavras.

— Eu sei, mãe, mas ele nunca me chamou de nada! Ele não merece que eu faça crueldade com ele, então, né? Ele é meu irmão!

O restante da viagem foi de silêncio cortante e orações entre os dentes. Por volta das 19h30, a ambulância parou de ré no estacionamento do Hospital Municipal de São José dos Campos. Dois enfermeiros vieram correndo dos fundos do estabelecimento. Abriram as duas portas traseiras do veículo, puxaram a maca com o pequeno Flauta, colocaram-na no chão sem sutileza nenhuma e saíram em disparada para o setor de emergência. A enfermeira Judite corria ao lado deles e passava todas as informações sobre o jovem paciente. Ela se virou para seu Gilmar e gritou para que a família aguardasse notícias no saguão da recepção.

A recepção do hospital estava lotada naquela noite. Muita gente se abraçava, chorava e andava de um lado a outro feito baratas tontas. Notícias dos *sites* e das TVs locais anunciavam um trágico acidente próximo a Jacareí, uma cidade a poucos quilômetros de São José dos Campos. Um ônibus de alunos joseenses, que estudavam em uma faculdade de Jacareí, perdeu o controle em um trecho da Rodovia Presidente Dutra – chamado nos tempos antigos de "retão da morte" – e capotou, sendo atingido na lateral por um caminhão de combustível. Os jornalistas locais pareciam ainda não saber com exatidão o número de vítimas fatais. Apenas anunciavam com semblantes tristes que várias pessoas morreram carbonizadas. Uma página do Facebook dizia que somavam 33 óbitos, outra mais sensacionalista dizia que chegavam a 40, mas o momento era de confusão total.

Preguinho, sentado ao lado dos pais, lia as notícias pelo celular. Foi quando a música da série "Star Wars" explodiu no aparelho, junto com a cara vermelha de Jonas Bocudo. Preguinho atendeu com um "alô" desanimado e o amigo hiperativo foi logo falando aos borbotões. Apesar da verborragia, respeitava o momento e omitia os palavrões:

— Velho, que coisa! Nossa! Que coisa! Monteiro tá muito triste nesse momento! Tô com o Simão aqui na praça de cima e ele tá muito triste também. Mas vai dar tudo certo. O Flautinha é nosso amigo. Sabemos que ele vai sair dessa e...

— Nossa, mas como vocês ficaram sabendo? — interrompeu Preguinho.

— Ah, já viu, né? A enfermeira Judite passou uma mensagem pro grupo de Whatsapp da igreja, e aí já era! Aí é caçapa! A rádio-fofoca das beatas virgens não perdoa! — Jonas Bocudo parou de falar e escarrou do outro lado da linha. O barulho fez Preguinho afastar o celular do ouvido. — Então, mas não é sobre essa... bom... não é sobre isso que eu quero falar! Olha! Escuta direitinho aqui! Assim que o Flautinha acordar, fala pra ele que eu e o Simão gostamos muito dele. Fala pra ele que ele vai virar, de agora em diante, o chefe máximo dos "Caçadores de Cuzaruins" e da "Caverna do Dragão"! Você perdeu os cargos de líder, seu... mané! A partir de agora é o grande Flauta que manda na... coisa toda!

— Pode deixar que eu falo isso pra ele, sim! — respondeu Preguinho, esboçando o primeiro sorriso em horas.

— Então, tá bom! Câmbio e desligo! — Bocudo parou bruscamente de falar e, antes que desligasse o telefone, Preguinho ouviu o amigo Simão gritar um "Você vai sair dessa, Flauta! Você é *top*, meu companheiro!" bem alto, do outro lado da linha.

As horas arrastaram-se feito alma penada com correntes nos pés pelo saguão agitado do hospital. Sempre que a enfermeira-chefe passava, seu Gilmar a agarrava pelo braço e perguntava pelo filho. Para seu desespero, a resposta era sempre a mesma: "Continua sedado, em observação". Dona Anita, sob efeito de alguns calmantes que tomou por conta própria, tinha os olhos envidraçados e opacos, como os de um boneco de cera. Preguinho, cansado das alucinações e realidades daquele dia intenso, só observava o movimento e as imagens do trágico acidente que eram transmitidas pela televisão. Houve um momento em que o garoto, ao focar o olhar num casal negro de meia-idade que se abraçava e chorava no meio do saguão, viu com nitidez um rapaz sorridente parado ao lado deles. O jovem, cujas feições assemelhavam-se muito às do homem de meia-idade, segurava uma mochila e seu corpo estava envolto por chamas que se projetavam a mais de dois metros acima de sua cabeça. O coração de Preguinho acelerou. Ele virou a cara e respirou profundamente com o susto. Enquanto puxava o ar para dentro dos pulmões, imaginou sentir o calor e o cheiro de carne queimada invadindo suas narinas. Ao voltar o olhar para o centro do saguão, arrepiou-se ao ver que o jovem negro havia desaparecido. Foi quando sentiu o toque de uma mão quente em seu ombro.

— Você tá pálido, filho! Quer comer alguma coisa? Quer um pastel? — perguntou dona Anita, para alívio da alma assustada do garoto.

— Não, mãe. Eu só preciso lavar o rosto no banheiro. Só tô cansado de esperar.

Nove e meia da noite. Dez, dez e meia. Onze, onze e meia. O relógio analógico fixado na parede não dava trégua e cada movimento dos seus ponteiros era uma flechada no coração da família lobatense. Preguinho já dormia no colo da mãe quando um médico jovem e loiro de óculos apareceu por trás do balcão de informações e chamou, em voz alta:

— Quem são os pais de... só um momento... — ele virou uma página de um prontuário que tinha nas mãos e continuou: — Gilmar Roque de Oliveira?

Seu Gilmar e dona Anita olharam-se, respiraram fundo e levantaram-se. Pediram para que Preguinho os aguardasse no saguão. Foram conduzidos para uma sala próxima, à esquerda do balcão de informações.

Preguinho, enquanto aguardava, rezava e esfregava as mãos, correu os olhos pelas instalações do grande hospital. Um crucifixo de metal pendurado numa parede branca, acima de um cartaz de calendário de vacinação e de um bebedouro, chamou sua atenção. Ele ficou de olhos estatelados e pregados no objeto enquanto repetia a mesma oração inúmeras vezes. Por um momento, imaginou ter visto a cruz de Jesus Cristo tremer e debater-se contra a parede, assim como acontecera com o crucifixo em sua casa quando os "Caçadores de Cuzaruins" invocaram o tabuleiro de *Ouija* pela primeira vez. O garoto fechou os olhos. Quando os abriu, assustou-se ao ver seus pais saindo da sala do médico. A mãe, de olhos arregalados, aos prantos. O pai amparando-a, cabisbaixo. Preguinho levantou-se num impulso e correu em direção a eles. Seu Gilmar apenas passou a mão nos cabelos do filho mais velho, olhou em seus olhos com ternura e tristeza e balançou a cabeça negativamente.

CAPÍTULO 11

TRISTEZA E REVELAÇÃO

O padre Argemiro acordou assustado com o barulho do celular, depois de ter bebido quase dois litros de vinho em companhia da catequista Rosana, uma das moças mais bonitas de Monteiro Lobato. Levantou-se da cama de lençóis revirados, deu um beijo no rosto da moça nua e pegou o celular na cabeceira.

— Padre! Ainda bem que o senhor atendeu! Aqui na montanha o sinal tá ruim demais — disse seu Dito Lobisomem, com a voz cheia de ecos sendo parcialmente cortada pela chamada defeituosa. — Padre, o senhor tá me ouvindo?

— Ô, seu Dito, calma! Fala devagar que dá pra ouvir, sim! Eu tava mesmo querendo falar com você. Onde o senhor está? — perguntou o religioso, quase sussurrando, como se não quisesse ser ouvido pela catequista ao seu lado.

— Padre, eu comecei a fazer aquilo que prometi a Nosso Senhor Jesus Cristo e é só a primeira parte da promessa. Depois eu conto tudo pro senhor, agora não dá tempo! Acontece que depois da tarefa santa, peguei a moto e resolvi não ir pra Monteiro com a roupa suja de sangue! Imagina? O povo ia desconfiar na hora. Não quero problemas com a polícia. Bom! Então! Tô pertinho de Campos do Jordão! — A chamada foi interrompida por alguns segundos e voltou rapidamente. — Tô no alto de um morro aqui, escondido perto de uma mata e de um riacho. Lavei minha roupa e tô só de cuecas, esperando ela secar. A boa notícia é que já tô com o primeiro prêmio reservado a Deus guardado comigo. Tá guardadinho. Graças a Deus e ao senhor, que me indicou essa pessoa perversa que agora arde nos quintos dos infernos! — falou seu Dito, segurando o pote de plástico contendo o coração arrancado da professora.

O padre Argemiro arregalou os olhos em direção a uma imagem de Nossa Senhora Aparecida estampada num quadro na parede e falou, titubeante e em volume mínimo:

— É, eu fiquei sabendo da morte da professora. As notícias correm rápido aqui. Que Deus a tenha!

— Bom, eu fiz a tarefa mesmo. Ué? Não era pra fazer? Agora só faltam 12 e eu preciso correr com tudo isso! Preciso muito da ajuda do senhor! Tô ficando desesperado de ansiedade já! — disse seu Dito, com a voz alterada. Era como se o velho sentisse uma ponta de raiva da fala do amigo.

Antes que padre Argemiro pudesse responder alguma coisa, a ligação caiu. Rosana, já sentada na cama, vestiu seu sutiã e falou:

— Geminho, que horas vai chegar o caixão da professora?

Como se levasse uma bolada de futebol de salão na cabeça e passarinhos sobrevoassem sua cabeça igual nos desenhos animados, o padre suspirou alto e falou:

— Meu Deus! Que horas são? Já deve estar chegando! Preciso ir correndo para o salão paroquial pra encomendar o corpo! — enquanto respondia, lembrou-se de que a cidade estava sem coveiro naquele exato momento. Pegou o celular e tentou ligar novamente para o seu Dito. O celular tocou várias vezes, e assim que o velho atendeu, o padre foi taxativo:

— Seu Dito! Volta agora pra Monteiro! Preciso do senhor pra enterrar a professora. Não tem mais ninguém na cidade que faça isso.

— Tá bom, padre. Já tô indo! Vou só vestir minhas roupas. Só espero que a polícia não desconfie de nada! Se der algum tipo de problema, quero a ajuda do senhor como testemunha. Vamos inventar que eu vim pra Campos do Jordão pra visitar um parente, tá?

— Tá bom, seu Dito! Mas vem logo então! Me procura no velório municipal — respondeu o padre, já desligando o telefone e agarrando a batina no guarda-roupas.

O religioso, assim que se despediu da catequista com um beijo de língua e a viu desaparecer por trás do portão dos fundos da casa paroquial, arrumou a cama rapidamente. Jogou um "Bom-ar" para tirar o odor de sexo do ambiente, benzeu-se, simulou uma cara de tristeza digna de um ator de novela mexicana e saiu em direção ao local do velório, que ficava próximo à igreja, do lado esquerdo de quem sobe a rua. Nem bem colocou os pés para fora da casa paroquial e já foi abordado.

— Seu padre! O senhor viu quem morreu? — perguntou seu Adilson, um simpático velhinho que morava no asilo municipal. Ele se pôs a caminhar ao lado do religioso.

— A professora Francisca, seu Adilson! Já tô sabendo disso desde hoje cedo — respondeu o homem de batina, num tom sério, como se quisesse xingar o velho.

— Não, padre! Quero dizer, ela também morreu. Mas morreu outra pessoa hoje. Um menininho. O filho da dona Anita. O senhor conhece? Aquele bonzinho de óculos grossos?

Como se levasse a segunda pancada da noite, o padre levantou as duas mãos aos céus e respondeu, envergando ainda mais a expressão de tristeza falsa que estampava na cara:

— Não acredito! O Flautinha? Meu Deus! Eu sabia que ele tava doente, a mãe dele tinha me falado! Mas não sabia que era tão grave! Bom! Que Deus o tenha, né, seu Adilson! Que descanse na paz do Senhor!

Era quase meia-noite e a madrugada anunciava-se longa para os lobatenses de luto. Dois enterros no mesmo dia era um acontecimento raro na cidade. Assim que chegou em frente à sala de velório lotada, o padre Argemiro despediu-se de seu Adilson e, sem falar com ninguém, dirigiu-se até o caixão lacrado de dona Francisca. O féretro de alças e crucifixos dourados já estava posicionado no centro da sala, entre uma coroa de flores oferecida como homenagem pela escola da cidade, outra pela prefeitura municipal e uma terceira pelos parentes e amigos. Acima delas, um enorme crucifixo de bronze reluzia à luz das velas brancas instaladas em sua base de estanho. Enquanto consolava os parentes da professora com tapinhas, abraços e lágrimas de crocodilo, o religioso imaginou ter sentido um cheiro forte de carne queimada penetrar suas narinas. Disfarçou, fez cara de nojo e afastou-se do caixão, rasgando espaço entre o choro compulsivo e os olhares desconsolados dos parentes que ainda não acreditavam no ocorrido. Puxou uma cadeira que ficava próxima a uma mesinha de madeira, serviu-se de café sem açúcar, tomou um gole e sentou-se, de terço de ouro na mão e cabeça baixa, com os olhos mirando o chão. Estava com a expressão facial fechada, como se algum tipo de arrependimento temporário tivesse atormentado sua alma de uma hora para outra. Resolveu ficar ali e não falar com mais ninguém. Tudo o que queria naquele momento era que seu Dito Lobisomem chegasse logo de Campos do Jordão, para que pudesse encomendar os corpos e pedir que o coveiro jogasse pás de terra vermelha sobre aquilo tudo.

As horas foram passando com a velocidade típica dos velórios nas cidades pequenas. A tristeza e o cheiro de vela queimada e flores enchiam o local de um ar quase irrespirável. Já eram quase cinco horas da manhã. Muita gente já tinha ido embora para descansar e voltar para o enterro, marcado para as onze horas daquele mesmo dia. Foi então que outro carro funerário apareceu do nada, rasgando com os faróis a neblina densa que se acumulava em frente à igreja matriz. O carro preto com cruzes douradas desenhadas nos vidros desceu a rua e estacionou em frente à sala dos velórios, sob olhares curiosos de alguns parentes dos mortos. Quatro funcionários da funerária que vestiam indefectíveis e alinhados ternos pretos desceram do veículo, abriram suas portas traseiras e tiraram sem dificuldade um pequeno caixão de dentro. Os homens, taciturnos profissionais, foram abrindo espaço entre a tristeza e as pessoas, que observavam o cortejo com expressões desoladas e incrédulas. Um dos rapazes largou a alça do pequeno caixão de madeira clara e pôs-se a armar quatro pedestais bem ao lado do de dona Francisca. O ataúde foi depositado e ajeitado cuidadosamente em cima dos suportes de metal. Enquanto isso, um outro profissional da morte montou uma cruz prateada, para fazer sombra ao pequeno defunto que acabara de chegar para despedir-se dos parentes e amigos lobatenses.

O padre Argemiro levantou-se da cadeira onde estava há horas, ajeitou a coluna, passou óleo de peroba na cara de pau e dirigiu-se até o centro da sala para ver o corpo do pequeno Flauta. Antes de aproximar-se do esquife, ouviu choros desesperados ecoarem nas suas costas. Era dona Anita, seu Gilmar e Preguinho, que acabavam de chegar. Pela expressão de aflição impressa na face dos três, parecia não haver hora ou século que passasse e consolasse suas almas. Atrás da família, também muito emocionados, estavam Simão e Jonas Bocudo, cujas caras e olhos vermelhos também denunciavam a tristeza profunda que sentiam pela perda de um de seus melhores amigos.

Os funcionários da funerária, muito educadamente, pediram licença para os parentes e amigos, abriram espaço e começaram a girar as tarraxas da tampa do ataúde. Quando ela foi levantada e expôs aos olhos de todos o corpo franzino de Flauta de mãos juntas, um cheiro forte de flores de todos os tipos invadiu o ambiente e misturou-se ao cheiro de velas e café. Dona Anita, soluçando, curvou-se e beijou o rosto do filho morto. Suas lágrimas de mãe zelosa molharam a face angelical e de expressão tranquila do menino, que parecia estar dormindo. O único detalhe que contrastava com essa impressão de paz era o olho direito de Flauta, roxo, resultado do acidente na brincadeira com o pai e o irmão na sala de casa, na tarde do dia anterior. Seu Gilmar amparou a esposa com um forte abraço. Em seguida, curvou-se e também beijou o rosto do cadáver do filho. Preguinho veio logo atrás. Com os olhos paralisados pela perda do único irmão, tirou os óculos grossos de lentes quebradas do bolso da jaqueta jeans e o ajeitou carinhosamente no rosto pálido e sereno de Flauta. Segundo confessou aos amigos Simão e Jonas Bocudo, "não queria ver o irmão ir para o céu sem os óculos que o acompanhavam praticamente desde o nascimento". "Você nunca enxergou bem, né? Você vai precisar de óculos pra olhar pela gente aqui embaixo! Aliás, você sempre olhou, né? Sempre fui seu fã!", pensou o garoto, sorrindo de leve e com o rosto quase colado à face do irmão morto.

Já perto das dez da manhã, uma multidão de crianças foi dispensada da escola e aglomerou-se na sala do velório para ver os corpos da querida professora e do pequeno amigo. A professora Beatriz reuniu seus alunos em volta dos caixões e pediu para que todos cantassem "Maria de Nazaré" em homenagem aos falecidos. Depois da música, estava programada a extrema unção e, logo em seguida, os caixões seguiriam para o cemitério. Foi então que seu Dito Lobisomem apareceu na porta da sala de velórios, de banho tomado e expressão desconfiada. Assim como o padre, tentava a qualquer custo simular uma tristeza que não sentia. O velho aproximou-se do caixão do pequeno Flauta, benzeu-se e ficou encarando o rosto do defunto por alguns minutos. Parecia muito assustado com o que seus olhos revelavam. O padre Argemiro chegou por trás, colocou seu braço direito por cima dos ombros do coveiro e falou, quase encostando a boca em seu ouvido:

— Presta atenção no olho direito do menino morto. Olha como tá roxo.
— O vigário olhou em volta da sala, viu Preguinho sentado ao lado da mãe

e continuou: — E olha o irmão dele. Tá com um corte enorme na testa. Dá uma olhada no tamanho do curativo, seu Dito!

Seu Dito obedeceu. Olhou o defunto e o irmão e sua expressão mudou de repente. O coveiro respirou fundo, fechou a cara como se seu coração bombeasse raiva e fogo para fora dos seus olhos e saiu apressado da sala. Pegou rumo em direção ao cemitério. Chegando lá, abriu os grandes portões de ferro e agarrou uma pá que deixava sempre do lado esquerdo do muro branco, aos pés de uma árvore morta. Em seguida, caminhou até quase o final do cemitério, onde sabia que havia duas covas semiabertas. Afobado, terminou de cavar os dois buracos com muita rapidez. Depois, desceu pela viela principal e ajoelhou-se em frente à estátua de Cristo. Fez uma primeira oração acelerada e quase sem sentido, encarou os olhos fechados da imagem de gesso e falou:

— Meu Pai do céu! Meu único Senhor e Salvador! Uma daquelas encomendas que o Senhor pediu tá comigo! Tá dentro do congelador da minha casa, intacto! Parece até que vai começar a bater de novo, de tão perfeito!

— O velho aguardou por algum tempo de olhos pregados na imagem, mas a resposta não veio. — Senhor? O senhor tá me ouvindo?

Seu Dito aguardou com paciência por mais alguns segundos e, ainda sem a resposta divina pela qual tanto ansiava, levantou-se bufando, como se soubesse exatamente o que fazer. Correu apressado em direção ao túmulo onde guardava seus preciosos tesouros roubados. Chegou perto da sepultura, agachou-se, desenrolou os curativos do ferimento da mão direita e, sem hesitar, enfiou-a dentro do orifício onde morava a criatura desconhecida. Sem esperar nem dez segundos, sentiu o poder de uma grande boca cravando os dentes nela bem devagar. Era como se a criatura já conhecesse sua vítima. Suas poderosas presas encaixaram-se com perfeição nos ferimentos anteriores da mão do coveiro. Seu Dito deixou-se levar pela sensação viciante de poder que o veneno da criatura injetava em sua alma e em seu corpo. Sua expressão passou da raiva irracional à felicidade em instantes. Então, de repente, sem esperar, o velho sentiu uma mão tocar-lhe o ombro esquerdo.

— Parabéns, seu Dito!

O coveiro olhou para cima e viu os olhos envidraçados e arregalados da imagem de Cristo encarando-o. Não sentiu medo. Não sentiu nada.

— O primeiro coração que o senhor arrumou mostra que você serve a Deus com paixão, disciplina e devoção, do jeito que deve ser — sussurrou a estátua, arqueando a coluna e colocando a boca sangrando próxima ao ouvido direito de seu Dito. O velho apenas soltou uma grande gargalhada ao sentir seu hálito de sangue. Como se sentisse um tipo de orgasmo, respirou, gemeu e fechou os olhos. — Mas não se esqueça de uma coisa, seu Dito! Lembre-se de que o tempo está se esgotando e ainda faltam doze oferendas ao meu Pai! Depois que o senhor conseguir completar a grande missão que lhe foi concedida, quero que pregue os treze corações perversos na cruz principal do cemitério, junto ao meu corpo. Treze! Nenhum a mais, nenhum a menos!

Quando a estátua terminou de falar, seu Dito abriu os olhos e levantou num impulso, mas não a viu mais ao seu lado. Apertou os olhos em direção à viela principal, já bem iluminada pelo sol da manhã, e a viu pregada na cruz, como normalmente ficava. Antes que pudesse levantar-se e terminar de recolocar as ataduras na mão direita, viu o padre Argemiro entrando devagar pelo portão do cemitério. O sacerdote puxava um canto triste e muito antigo e as beatas acompanhavam-no nas desafinações. Atrás dele, os parentes carregavam os ataúdes de dona Francisca e de Flauta e eram seguidos por dezenas de lobatenses cabisbaixos. O padre ordenou que os caixões fossem colocados no chão, em frente à estátua de Cristo, no centro do cemitério municipal. Foi lá que a extrema unção foi proferida, tendo como trilha sonora apenas a música dos pássaros, o choro dos parentes e o barulho das folhas das árvores balançando ao vento. Em seguida, os caixões foram levados até a parte final do cemitério e colocados em cima dos montes de terra que circundavam as beiradas das duas últimas covas abertas. Mais algumas orações foram entoadas com fervor ao redor das sepulturas. Seu Dito dirigiu-se até o local onde guardava suas ferramentas e voltou com quatro pedaços grandes de cordas nas costas. Com os olhos vidrados e causando estranheza pela felicidade, pediu ajuda a um outro homem para colocar sepultura abaixo o caixão leve e cheirando a queimado de dona Francisca. O mesmo foi feito com o caixão do menino Flauta. Enquanto ouvia o ruído oco da terra sendo atirada de sua pá sobre a tampa do esquife de dona Francisca, seu Dito imaginou ter visto labaredas de fogo em torno dele. Era como se um redemoinho de chamas revoltas o abraçasse e o agitasse, ressaltando e definindo o formato típico dos ataúdes brasileiros. O velho fechou os olhos e quando tomou coragem e os abriu, viu, além das línguas de fogo, vários longos braços vermelhos e descarnados surgirem em meio às chamas. Pareciam membros de dezenas de criaturas com mãos e unhas muito longas, abraçando e arranhando furiosamente a tampa do caixão de dona Francisca, como se pegassem-no por trás e quisessem abri-lo na marra. De repente, o coveiro começou a ouvir gritos de desespero ecoarem pelas paredes de terra da sepultura já iluminadas pelo fogo. Era como se várias pessoas estivessem presas em uma jaula, fossem molhadas com gasolina e um palito de fósforo fosse aceso e atirado no combustível. Seu Dito imaginou ter sentido o mesmo cheiro de carne queimada que atormentou seu nariz no dia em que incinerara o corpo da professora Francisca. Enquanto levava a mão direita às narinas, viu, horrorizado, uma das mãos vermelhas com suas unhas pretas e fortes arrancando o crucifixo de metal da tampa do caixão. O objeto derreteu como se fosse feito de estanho vagabundo e vazou por entre os dedos descarnados da criatura. Uma outra mão forte fechou-se acima da tampa do ataúde, tomou distância e, de cima para baixo, com um soco, conseguiu explodi-la em pedaços, expondo os ossos carbonizados da professora Francisca aos olhos incrédulos do coveiro. Parecendo aproveitar o momento, todas as mãos cadavéricas das criaturas entraram simultaneamente dentro do caixão, agarraram as partes queimadas que restaram do corpo da professora e as atiraram nas labaredas ao redor, gerando ainda mais explosões de bolas de fogo e gritos. Assim que todos os ossos foram consumidos pelas línguas incendiárias, o caixão desapareceu nas chamas sob os urros do que pareciam ser almas perecendo e sofrendo em um eterno ciclo de incinerações consecutivas. Foi então que Seu Dito ouviu uma voz familiar colocar fim às suas alucinações.

— Seu Dito, o senhor está bem?

— Ô, padre! Nossa! Nem vi que o senhor estava aí! — respondeu o coveiro, girando a cabeça para os lados e percebendo que não havia mais ninguém no cemitério, além dele próprio e do pároco. — Tô só dando uns retoques no túmulo dos dois aqui. Ah, preciso falar com o senhor! É urgente! Vamos descendo até a igreja que eu vou falando.

Seu Dito deu três pancadas raivosas com a pá em cima dos dois túmulos recentes, virou-se e pôs-se a caminhar ao lado do religioso, cemitério abaixo. Foi quando falou, sem rodeios:

— Padre, e agora? Tenho mais doze pessoas ruins pra entregar para Cristo. Encontrei com Ele hoje de novo e Ele me disse que o meu tempo tá acabando. É só até o domingo de Páscoa, que já tá chegando. Me dá outra dica, vai? Essa primeira foi excelente! Deu até pra ver a alma da professora ser arrastada para as profundezas do inferno!

— Seu Dito, Seu Dito! Olha lá, hein? Não se empolgue tanto. Tem que tomar cuidado! Até agora, a polícia nem desconfia de nada do que aconteceu! Aparentemente, o senhor fez tudo direitinho. Falei com o delegado, que tá quase fechando o caso como se fosse acidente mesmo, para a sua sorte. E se por acaso a polícia de Monteiro chegar no senhor, não cite o meu nome, por favor!

— Tá bom, padre! Pode deixar! Mas, vai, desembucha pra mim! Fala o nome de mais um lobatense filha da puta pra que eu possa dar cabo e mandar pro capeta! Sabe? Tenho que confessar uma coisa. Eu gostei do que fiz com aquela professorinha safada! Dei pra ela o fogo que ela gostava! E outra! Nosso Senhor Jesus Cristo ficou muito feliz, mas me disse que o tempo tá contado!

— Calma, seu Dito! Vou te ajudar, sim! Tudo ao seu tempo! — respondeu o padre, coçando o queixo e esboçando um sorriso. Ele pensou um pouco e continuou: — Então! Lembra no velório, quando te falei para olhar pro olho roxo do menino morto e pra testa machucada do irmão dele? O senhor sabe o que aconteceu?

— Não tenho ideia! — respondeu seu Dito, entre os dentes, olhando o perfil do padre contra o sol forte, enquanto caminhavam.

— O senhor não desconfia de nada, não? — continuou o padre. Um silêncio instalou-se, a ponto de os dois não ouvirem mais nenhum pio dos pássaros e nenhuma folha de árvore balançando ao vento. O religioso continuou: — Então! Você sabe que o seu Gilmar, pai do garoto morto, bebe pra cacete, né? Ele é um cachaceiro de mão cheia e nunca fez questão de esconder isso. Então, seu Dito! Pelo que a dona Anita, esposa dele, já me falou nas confissões, o seu Gilmar, vira e mexe, espanca os coitados! O olho roxo do garotinho morto veio de onde? De mais um cacete que o filha da puta deu nele! Ah! E o senhor viu o irmão dele com um enorme esparadrapo na testa, né? Então! Foi outra surra! Esse homem é um psicopata! Qualquer dia, ele acaba matando o outro filho de tanta porrada!

Seu Dito Lobisomem apenas ouviu as palavras do padre e fechou a cara. Como se não acreditasse na terrível história que ouvira, puxou para dentro dos pulmões o ar pesado que os rodeava, levantou a pá com força acima da própria cabeça e arrebentou-a contra uma cruz de mármore de um túmulo velho. O cabo da pá partiu-se e o velho coveiro gritou, enquanto o padre lhe dava as costas:

— Filha da puta! Cachaceiro filha da puta!

CAPÍTULO 12
O BURACO DO INFERNO

Na manhã seguinte ao enterro de Flauta, Preguinho, ainda muito consternado e abatido pela morte do irmão, ligou para os amigos Jonas Bocudo e Simão. Marcou uma reunião na "Caverna do Dragão", debaixo da ponte do "Leopoldo". Às dez da manhã em ponto, já estavam quase todos os "Caçadores de Cuzaruins" lá sentados ao redor da cabeça do Darth Vader, menos, claro, o mais querido de todos, o pequeno Flauta.

— Pessoal, é o seguinte! Obrigado por terem vindo e por terem ido ao enterro do meu irmão. Como vocês devem ter reparado nos meus olhos, eu não dormi bem essa noite de novo. Minha mãe chorou a noite inteira — disse Preguinho, apontando os olhos profundos de sono e negros de luto. Ele fez alguns segundos de silêncio, como se a lembrança do ocorrido o paralisasse, e continuou: — Bom, é o seguinte! Eu tava pensando em comprar outra tábua de *Ouija*! Sabe? Eu queria tentar perguntar pro meu irmão se ele tá bem. A gente já sabe que esse negócio funciona. Se a tábua chamou o tio Marcão, pode chamar o Flautinha também — concluiu, enquanto girava a cabeça de plástico do Darth Vader para todos os lados.

— Eu concordo com a ideia! É uma... grande ideia! Se essa... se essa tábua de *Ouija* funcionar de novo, a gente fala com o maluquinho! Vai ser do... vai ser muito bom! — respondeu Jonas Bocudo, em frases hesitantes e reticentes nas quais, inesperadamente, não surgiram palavrões.

— Eu também concordo. Eu quero conversar com meu amigo — disse Simão, coçando o couro cabeludo. Ele levantou a cabeça e encarou o ruivo com a expressão séria: — Mas, Bocudo, você não fala mais palavrão?

— Não. Não falo mais. Eu me confessei com o padre Argemiro esses dias e ele me disse que essa... disse que palavrão é coisa de demônios que moram na Terra e infernizam nossa cabeça. E eu não sou essa... essa coisa de demônio! Sou meio ruim com minha mãe e com minha irmã, mando meu pai pro inferno às vezes, mas não sou um bicho do inferno! Mandar para o inferno é uma coisa e ser um bicho que mora lá é outra, né? — O garoto uniu as duas mãos em oração e continuou: — Daqui pra frente, é só palavra permitida, com a graça de Deus! — concluiu, simulando uma expressão angelical de dar inveja a qualquer imagem sacra de Aleijadinho.

— Então, mas o foda de comprar uma tábua nova é o dinheiro. Se eu pedir pro meu pai, tenho certeza de que ele não vai me dar. Eu tenho só uns 10 reais no bolso. Quanto vocês têm? — perguntou Preguinho, sem tirar os olhos da cabeça giratória de Darth Vader.

— Cinco golpinhos do governo Bolsolixo! Se tem uma coisa que vai me fazer voltar a falar palavrão é essa... essa tragédia de governo! — respondeu Jonas Bocudo, rindo em seguida.

— Tenho dez também, mas é pra comprar pão na padaria pra minha avó! — falou Simão, riscando o número na areia do chão com o dedo indicador. O garoto fez uma pausa pensativa e seus olhos brilharam de repente, como se duas lâmpadas incandescentes acendessem dentro deles. — Nossa! Lembrei de uma coisa! Minha vó me falou uma vez que, antigamente, muito antes que de eu nascer, ela conseguia se comunicar com os espíritos lá dentro do "buraco do inferno"! Vocês querem ir lá pra conhecer? Acho que não custa nada a gente perguntar pra ela. Ela não volta mais lá, mas podemos tentar.

Preguinho topou na hora, pois sabia que o tal tabuleiro de *Ouija* não custava menos de cem reais nas lojas do centro de São José dos Campos, e eles tinham apenas um quarto do dinheiro. Se descontassem o dinheiro do pão, nem isso. Jonas Bocudo parecia ressabiado e com medo, mas acabou topando. Os garotos desmontaram o boneco de plástico do prego, esconderam-no em uma moita de avencas no paredão coberto de musgo e dirigiram-se a passos apressados até o alto da "Serrinha", onde morava dona Sinhá, avó de Simão. Passaram antes na padaria, onde Simão comprou três pães franceses, dois biscoitos de polvilho grandes e um sonho para a avó.

Ao chegarem no alto da serrinha, já dentro dos limites do terreno da casa, os garotos pararam em frente à entrada úmida, onde existia a placa com os escritos "Buraco do inferno". Simão pediu que os amigos aguardassem-no por ali e embrenhou-se por entre as plantas úmidas do caminho cercado de bananeiras. Desapareceu feito um coelho pelo meio do mato e foi em direção à casa da avó. Quando voltou, dez minutos depois, segurava uma tocha improvisada na mão direita e a mão da velha senhora com a esquerda. Dona Sinhá caminhava cabisbaixa. Resmungava e arrastava seus chinelos Havaianas pela umidade do solo com a ajuda de sua indefectível bengala de galho de goiabeira envernizado. Um dos braços da velha balançava descontroladamente, como se estivesse com dez fraturas do ombro até a mão frágil.

— Criançada! Ocês num toma jeito! Eu num tenho mais sussego dispois que ocês inventaro essas história de falá cos morto! Só vô fazê esse favô procêis porque eu gostava daquele menininho de óculos grosso que tava cum nóis da úrtima veiz! Que a pequena arma dele discanse em paiz! Era uma arma pura! — resmungou dona Sinhá, já caminhando no início da trilha indicada pela placa. Passou por Jonas Bocudo e Preguinho sem olhar em seus olhos e foi arrastando-se como um saco de ossos trilha abaixo, sendo seguida em silêncio por todos os garotos. À medida em que a velha caminhava e patinava no solo molhado, deixava pegadas profundas no musgo denso e verde que cobria o chão.

— Por que você trouxe essa... essa tocha, Simão? Tá de dia ainda! Não tá nem na hora do almoço — Jonas Bocudo quebrou o silêncio depois de pisotear sem dó uma lagarta no chão.

— Vocês vão ver. Lá é escuro demais. Eu, apesar de ter ido lá só uma vez com minha vó, lembro muito da escuridão. Além do breu, lembro de outras coisas também. Mas vocês vão ver quando a gente chegar lá — disse Simão com ar de mistério na voz, continuando seu caminho ao lado da velha e sem encarar os garotos que vinham logo atrás.

Aproximadamente cem metros mato adentro, o caminho cercado de bananeiras, trepadeiras e musgo foi ficando cada vez mais inclinado e escorregadio. Em um ponto abaixo das raízes de uma grande jabuticabeira, havia uma escada curva de seis degraus escavada na terra e amparada por pedaços podres de madeira. No final da escada, havia um barranco e, acima dele, como se estrategicamente plantado, havia um enorme pé de salgueiro chorão, cuja enorme franja de galhos pendia sobre o que parecia ser a entrada de uma caverna. Na frente do orifício irregular de mais ou menos dois metros de altura por um de largura, dona Sinhá parou de repente. Fechou os olhos e espalmou as mãos. Para surpresa dos garotos que vinham atrás, largou a bengala no chão, colocou as mãos na bacia e, num estalo, alinhou sua coluna como se, de um momento a outro, ficasse jovem outra vez. Pegou a bengala no chão, segurou-a entre as duas mãos em posição de oração e começou a proferir uma reza incompreensível em voz alta. Jonas Bocudo cutucou Simão por trás e ergueu as mãos para o alto, como se perguntasse "Que porra é essa?". Simão só deu de ombros, curvou os lábios e sinalizou negativamente com a cabeça. Preguinho só observava com curiosidade o comportamento da velha senhora. Depois da reza, dona Sinhá apartou os ramos de salgueiro chorão com a bengala e o antebraço esquerdo e gritou:

— Simão! Carrega a tocha na frente. Mulecada, ocês ségui nóis! E óia! Num toca em nada, tá bão? Esse é um lugar sagrado e tudo o que tem dentro é carregado de energia. Tem energia das boa e das ruim. Mais num toca em nada que é mió! Ocêis num sabe com o que tão mexeno!

O interior da caverna era úmido. Muito mais úmido do que o caminho para se chegar até lá entre a vegetação tropical densa de Mata Atlântica. As paredes gotejavam e a água gelada incomodava os visitantes incautos. Simão seguia à frente com a tocha iluminando tudo e sua avó ia logo atrás, raspando as paredes da caverna com a bengala e rasgando grandes sulcos na lisura do musgo. Depois de mais ou menos vinte metros de caminhada em declive por um corredor estreito, molhado e escuro, existia uma curva à esquerda que dava para três degraus escorados com pedras irregulares. Acima da cabeça de todos, três morcegos passaram em alta velocidade, dando voos rasantes, como se fossem aviões militares em missões de reconhecimento. Jonas Bocudo praguejava sem palavrões e dava tapas no ar na tentativa de atingir um deles, como se fosse o King Kong no alto do edifício Empire State. Depois que todos desceram os degraus, dona Sinhá apontou com a bengala para uma passagem estreita à esquerda e ordenou que a seguissem. Foi então que, à frente dos olhos incrédulos dos garotos, uma paisagem diferente surgiu. Era uma espécie de grande salão escavado na pedra, com mais ou menos vinte metros de diâmetro por três de altura. O lugar era claustrofóbico e exalava um odor que era uma mistura desagradável de cheiro de carniça, velas, combustível, perfume barato, mofo e flores mortas. Em uma de suas laterais, a luz da tocha iluminou o que parecia ser uma grade de ferro com barras grossas e enferrujadas. Ela estava encravada num buraco na rocha, como se fosse uma cela para algum animal do tamanho de um cachorro. Simão girou a tocha para o outro lado da caverna e conseguiu perceber dezenas de objetos brancos espalhados por todos os cantos, juntamente com várias letras douradas. No centro do local, quatro olhos pareciam reluzir como se fossem superfícies brancas atingidas por luzes negras de danceterias. Preguinho apertava as pálpebras na semiescuridão, na tentativa de identificar alguma coisa, mas sem sucesso. Jonas Bocudo, muito assustado, apenas cravava as unhas no ombro direito do amigo.

— Simão! Acende as outra tocha nas cavera. A cada dois metros tem uma em redor do artá das força maior! É só sigui os contorno dos canto! — ordenou dona Sinhá, apontando o dedo magro para as áreas escuras do salão de pedra.

Simão caminhou alguns passos. Ressabiado, iluminou primeiramente o chão em que pisava. Um arrepio gelado percorreu sua espinha quando a luz amarelada da chama da tocha definiu os contornos dos olhos e dos dentes do que parecia ser um crânio humano. Ele aproximou a luz do objeto e confirmou. Era mesmo uma caveira humana, esverdeada de musgo e encaixada no topo de uma pedra redonda. Em cima do crânio, existia uma lata de molho de tomate enferrujada, colada com Durepoxi e cheia de um líquido que cheirava a querosene. O garoto olhou para a avó e ela consentiu com um leve movimento de cabeça. Simão inspirou o pouco oxigênio que conseguiu depois do susto, tomou uma certa distância, arregalou os olhos e colocou fogo no material combustível. Apesar do pouco oxigênio, as labaredas explodiram acima do primeiro crânio e quase lamberam o teto da caverna. Com a nova fonte de luz, foi possível identificar aproximadamente mais dez pedras com crânios circundando a sala. Cada crânio tinha também uma lata de querosene em seu topo. Simão começou a acendê-las uma a uma. A cada nova fonte de luz, os quatro olhos estalados e estáticos do centro do local iam ficando cada vez mais vibrantes e arregalados. Ao acender a terceira lata, no sentido horário, percebeu, por trás dela, o brilho fosco da grade enferrujada de ferro que vira logo que adentrara a caverna. Ela estava encravada num buraco arredondado, não muito alto e não muito largo. Simão era bom de medidas e, pelos seus cálculos, a cela devia ter um metro de altura por um de largura. Movido pela curiosidade, Simão enfiou a tocha entre duas barras de ferro e conseguiu ver, espalhados pelo chão do buraco, vários ossos que pareciam ser de animais. Identificou alguns como sendo ossos de galinha. Ao lado deles, havia um crânio pequeno, parecido com o de um tucano de bico verde, e algumas costelas de vaca roídas com dentes que pareciam possuir uma força descomunal, tamanha era a profundidade das mordidas. Um osso maior, parecido com um fêmur humano, repousava ao lado da pilha de ossos dos animais. Simão iluminou as paredes laterais do buraco e observou não haver nenhum tipo de musgo. As pedras estavam limpas e muito arranhadas com sulcos de mais de dois centímetros de profundidade. Era como se algum animal tivesse sido enclausurado ali por muito tempo e enfiasse com muita força as poderosas unhas nas paredes de pedra.

— Pára de oiá tudo e acende logo as otra cabeça, Simão! Dispois, quando eu tivé tempo, eu isprico tudo procêis! — ordenou dona Sinhá com uma certa raiva na voz, socando a bengala no chão.

E assim foi feito. Simão caminhou ao redor do salão da caverna, colocando fogo nas outras latas de querosene sobre os crânios. Ao lado dos três últimos, havia pilhas e pilhas de coroas de flores apodrecidas com faixas roxas e letras douradas que diziam "Saudades eternas da família", "Homenagem da Prefeitura de Monteiro Lobato" e outras frases do tipo. Assim que acendeu a última lata, as duas imagens do centro do recinto tornaram-se identificáveis. Os quatro olhos reluzentes não eram nada mais, nada menos, do que os globos oculares de vidro de duas estátuas em tamanho natural. Uma delas era uma reprodução de um Jesus Cristo bem vivo e corado, com o olhar esperançoso e os dois braços levantados acima da cabeça, como se benzesse alguém ou alguma coisa com eles. A outra, a poucos centímetros da imagem de Jesus, era do próprio diabo. Todo orgulhoso, a estátua do Filho das Trevas exibia seu corpo musculoso e vermelho, segurava um enorme tridente, tinha o rabo pontudo enrolado entre as pernas e envergava um sorriso irônico que expunha seus dentes branquíssimos no rosto magro. Preguinho e Jonas Bocudo só observavam os detalhes. Horrorizados, não conseguiam falar. Nenhum deles, até aquele momento, tinha ideia do que realmente significava todo aquele cenário em que as forças do bem e do mal pareciam dividir a mesma falta de luz.

Dona Sinhá, com o auxílio da bengala, aproximou-se e posicionou-se em frente à imagem de Jesus Cristo, curvou a cabeça, fechou os olhos e fez o "em nome do Pai". Depois, deslocou-se para o lado e foi até a estátua do diabo. Olhou-a nos olhos com suas pupilas velhas e dilatadas, balbuciou coisas incompreensíveis e fez o mesmo "sinal da cruz" católico, só que invertido. Entre as duas estátuas, havia dois buracos escavados no chão, como se a velha senhora já tivesse ajoelhando-se muitas outras vezes ali. Ela se agachou, encaixou os joelhos esqueléticos no chão úmido, arcou as costas e beijou os pés esquerdos das duas imagens. Depois de alguns segundos de silêncio, dona Sinhá levantou a cabeça, olhou para o alto e começou a falar em voz alta:

— Sinhores do bem e do mal! Tô aqui mais uma veiz encheno a paciência do cêis, mas prometo que nunca mais vai acontecê isso. É a úrtima veiz na minha vida que eu invoco os poder das força entrelaçada — dona Sinhá virou os olhos, encarou as pupilas envidraçadas da estátua de Cristo e continuou: — Jesuis, meu sinhô, representante do bem na Terra, dá as mão pro diabo, o fio das treva, e livra as pessoa boa da hipocrisia, da mardade e das aproveitação maledicente das religião. Coloca todos os tempro farço feito de oro robado dos pobre no chão. Dá fim nos humano que si vale da boa-fé dos irmão pra ganhá dinheiro. Derruba tudo isso com seu poder, Sinhô Jesuis! — A velha fez silêncio, respirou fundo por várias vezes, virou o olhar, encarou a estátua do diabo e continuou: — Satanás, meu amado, meu amante e meu conselhêro de uma vida intera. Me diz uma coisa. Me responda sem pestanejá o zoio de fogo. Qual força do inferno é maió do que as força da mardade humana? Me diz só uma? Meu sinhô das treva, dá as mãos pra Jesus e livra a arma humana do ridículo de querê o mar dos otro acima de tudo!

Assim que dona Sinhá terminou de falar, um ar quente começou a soprar dos crânios para o centro da caverna, onde estavam as estátuas. As labaredas acima das latas de todos os crânios cresceram até o teto e foram envergando até atingirem, ao mesmo tempo, as cabeças das estátuas, formando um tipo de abóbada ou gaiola de fogo. Foi então que as imagens estáticas de Cristo e do Diabo começaram a gargalhar. O som reverberou pelas paredes úmidas da caverna em alto volume, fazendo os garotos taparem os ouvidos com as palmas das mãos. Os pés direitos das estátuas, de repente, como se puxados pelo calor do fogo, deslocaram-se e fundiram-se num só. Depois, as coxas juntaram-se como se fossem soldadas por um maçarico invisível. Mais tarde, foi a vez dos troncos e dos braços unirem-se. Finalmente, as duas cabeças formaram uma só entre as labaredas, completando a imagem disforme de uma entidade não identificada. Os olhos reluziam, refletindo o fogo intenso que a rodeava. Dona Sinhá, ainda ajoelhada, começou a falar:

— Obrigado por atendê os meu pidido, sinhores do bem e do mal! Tô aqui pra perguntá procês uma coisa. Por acaso um de ocês tá em posse da arma de um amiguinho nosso de Monteiro? Ele morreu antionti!

Do meio da imagem indefinida que ardia em chamas no meio da caverna, surgiu o braço direito esticado de Jesus, não em posição horizontal, mas levantado verticalmente. A outra metade do corpo da entidade ardia em labaredas altas e revoltas e parecia agonizar como um porco recém-esfaqueado. Gemidos ecoavam e explodiam por todo o interior da sala de pedra. Preguinho, Jonas Bocudo e Simão, trêmulos como gelatinas recém-desenformadas, levaram a mão direita à frente dos olhos para barrarem um pouco a claridade do fogo, que só aumentava.

— Qui bão! Eu sabia que ele era bonzinho e merecia está com o sinhô, Jesuis! Cuida bem dele Bão! Intão, já que o sinhô tá cum ele e ele tá nas graça do seu Pai, por favô, faiz ele entrá em contato com nóis pra uma conversa rápida!

Imediatamente, todas as chamas da cúpula giraram sem controle para cima, enrolaram-se, uniram-se como se fossem uma corda e incidiram sobre a cabeça da entidade desconhecida. Um clarão parecido com um arco elétrico explodiu no centro da caverna. O cheiro da querosene queimada intensificou-se e os gemidos de sofrimento e dor também. No meio da grande coluna retilínea de fogo que se formou onde estavam as estátuas, surgiram dois braços esticados de uma criança. Suas pequenas mãos abriram e fecharam, como se ela implorasse por socorro. Em seguida, um contorno de um rosto de um menino de óculos apareceu entre as labaredas. A imagem mexia os lábios, como se quisesse dizer alguma coisa e parecia querer que os garotos se aproximassem.

— Vai lá, molecada! Aproveita que isso num vai dura muito! Fica na frente do seu amigo logo! — berrou dona Sinhá, erguendo a bengala e agitando-a no ar.

Preguinho começou a chorar assim que deu alguns passos e posicionou-se em frente ao que parecia ser o vulto do irmão morto. Jonas Bocudo continuou estático no fundo da caverna, ainda coçando os olhos de desespero e medo. Simão quase derrubou a tocha da mão de tanto que tremia.

— Conversa cum ele! — gritou dona Sinhá ainda mais alto.

Preguinho tomou coragem e falou:

— Flautinha, é você?

O vulto do garoto morto só teve tempo de sinalizar positivamente com a cabeça. Em seguida, o lado esquerdo das chamas – que parecia pertencer ao próprio Satanás – começou a tornar-se mais forte, mais avermelhado e apagou a imagem de Flauta com uma forte explosão. O calor e o deslocamento de ar fizeram com que todos se afastassem, inclusive dona Sinhá, que parecia assustada pela primeira vez naquele dia. As chamas que incidiram no centro da caverna, de repente, retornaram serpenteando para os crânios e as imagens de Cristo e do diabo voltaram a ser frias e estáticas como sempre foram. Dona Sinhá levantou-se e falou com os lábios trêmulos:

— Pois é, molecada! É isso! Eu é qui num vorto mais aqui nesse buraco dos inferno! Tô velha demais pra mexê cum essas força! Tô desgastada! Tô desgostosa com a vida e com os humanu. Simão, corre e apaga as cavera. Uma por uma! Pega essa cabaça que tem atrás da estátua do capeta e abafa as labareda!

Enquanto Preguinho e Jonas Bocudo respiravam fundo e aguardavam as batidas dos corações voltarem ao normal, Simão foi até a parte traseira da estátua, pegou a cabaça preta de fuligem e foi abafando as chamas das latas de querosene com calma. Quando chegou perto do crânio que iluminava as grades de metal enferrujado, titubeou, tomou coragem e perguntou para a avó:

— Vó, a senhora criava algum bicho nessa jaula?

— Ah, sim! Mais faiz tempo. Era o Juninho — respondeu a velha senhora, com um sorriso saudoso no rosto amarrotado e os olhos repentinamente iluminados.

— Era um cachorro, vó? Nunca ouvi a senhora falar dele — retrucou Simão.

— Num era cachorro, não! Nunca gostei de cachorro. Vivo, não. Só pra cumê!

— E que fim deu esse bicho, vó? Morreu?

— Não. Vendi. Um dia eu conto tudo procê!

CAPÍTULO 13

VINHO SANTO

— **Seu** Dito! Só faltam duas semanas para o domingo de páscoa. É melhor o senhor correr com os pirulitos de coração para a festa — disse o padre Argemiro, por volta da meia-noite, com a voz irônica, ressabiada e arrastada, de um lado da linha telefônica.

— Padre, ninguém mais do que eu sabe como tô matutando com essa história! Não sei se vou conseguir, não. Eu preciso que o senhor me ajude mais uma vez. Só tenho mais um pirulito em vista e o senhor sabe quem é — respondeu o coveiro, zapeando o controle remoto da televisão e parando num canal que mostrava um documentário sobre o consumo de carne, em que vacas eram descarnadas numa linha de produção ensanguentada.

— Seu Dito, é o seguinte! Vamos falar claramente. É o seu Gilmar, né? Então!

Esse pai violento que espanca os filhos sempre vem confessar comigo! Que tal se eu tentasse convencer ele a beber alguma coisa com a gente depois de uma confissão básica? Aí, eu deixo você a sós com ele e... então! Eu imagino que o senhor já tenha uma ideia do que fazer. Vamos combinar isso, então?

— O padre riu baixinho. — Ah! Não se esqueça de levar uma garrafa de vinho misturado com aquele produtinho que o senhor me falou que comprou em São José. Vou avisar o horário da confissão, aí é só o senhor deixar a garrafa lá em cima da mesa da sacristia. Podemos combinar assim?

— Padre! Que ótima ideia! O senhor é genial! Assim eu pego esse desgraçado de jeito! — Pelo tom da voz e pelo suspiro, o coveiro não conseguiu esconder a euforia.

— Então, amanhã eu ligo pra ele à tarde e, como quem não quer nada, pergunto se ele tá se confessando, se aceita Jesus na vida dele, essas coisas e tal! Eu dou um jeito. Essas artimanhas sempre funcionam com o povo mais amedrontado. E imagino que ele deve estar morrendo de medo do inferno e, talvez, muito arrependido por ter batido tanto nos filhos.

— Combinado, padre! Me avise sobre o horário direitinho pelo Whatsapp que eu vou, sim. Esse safado vai ter o que merece — falou seu Dito, palitando a dentadura e envergando os lábios de felicidade.

Depois do almoço na casa paroquial do dia seguinte, padre Argemiro despediu-se das beatas que cozinharam o frango assado e o arroz com brócolis para ele. Depois, trancou-se no quarto, pegou o celular e ligou para seu Gilmar. Convenceu o homem que acabara de perder um filho a aparecer às cinco da tarde na igreja matriz, para se confessar. No horário marcado, poucos dias depois da morte do filho, seu Gilmar, pálido, magro e de olhos de quem chorou um açude inteiro, ajoelhou-se perante o religioso. Nem bem acomodou-se e Padre Argemiro já pôde sentir o cheiro de álcool invadir o confessionário.

— Padre, eu tenho muito o que confessar! — falou seu Gilmar, sem esperar que o homem de batina iniciasse a conversa. Antes que pudesse dizer qualquer outra coisa, o homem desamparado já soluçava num quase choro. — Então, padre! Eu me arrependo muito de ter bebido tanto enquanto meu filho estava vivo! Mas é que eu não conseguia e... — O choro compulsivo interrompeu a fala como uma correnteza forte leva consigo uma cerca de beira de rio.

— Seu Gilmar, tenha calma! Confie em Deus! Eu conheço o senhor. É um homem trabalhador e tem problemas com a bebida há muito tempo. Isso é fato! Mas essa condição de alcoólatra não o faz culpado pelo destino que Deus designou para o seu filho — respondeu o pároco, abanando-se com um panfleto de igreja por causa do calor.

— Pois é, padre! Mas eu fiquei sabendo que tem gente nessa cidade que tá falando que eu bati no Flautinha, por causa do olho roxo dele no caixão... — A voz de seu Gilmar era tão baixa e chorosa que o padre teve que parar de abanar-se com o panfleto para ouvi-la. — Eu nunca bati nos meus filhos, nunca! O senhor sabe disso! Pelas almas da minha mãe e do meu pai! Eu nunca teria coragem de encostar a mão em nenhum deles!

— Esqueça esse povo fofoqueiro e pecador, seu Gilmar! Apesar da bebida, nunca ouvi falar do senhor usando a violência em nenhuma situação. E aquele menino era tão bonzinho, tão carente, tão puro! Quem iria ter coragem de bater num anjo do Senhor daqueles?

Envolto na tristeza pelas palavras do padre, seu Gilmar não conseguiu segurar mais. Fechou a cara com as duas mãos e chorou como se fosse o último choro da sua vida. Suas lágrimas encharcaram o parapeito de madeira do confessionário, escorrendo por ele. Lá dentro, o padre sorriu de leve e continuou, sentindo que estava no caminho certo.

— Uma vez, o Flautinha me falou que o senhor era tão bonzinho com ele. Que sempre brincava, que levava ele e o Preguinho pra pescar. Ele até falou da vez que vocês foram visitar a basílica nacional de Aparecida e o senhor comprou a flauta de plástico pra ele. Ele até chorava de emoção falando disso! Aqueles olhinhos por trás dos óculos de grau...

Seu Gilmar desabou. Chorando e quase em estado de choque, fazia o confessionário tremer com seu corpo descontrolado. O padre Argemiro abriu a pequena porta de madeira, saiu, abraçou-o por trás, levantando-o com dificuldade. Enxugou suas lágrimas com a manga da batina e, ainda abraçado com ele, pediu para que o acompanhasse até a sacristia.

— Seu Gilmar! Eu, mais do que ninguém, quero ver o senhor feliz. Não tem coisa pior do que ver uma pessoa tão boa como o senhor tão derrotada e humilhada — falava o padre, amparando seu Gilmar, enquanto caminhavam pelo corredor lateral da igreja, entre quadros com imagens coloridas e violentas da Via Sacra. Quando chegaram em frente a um grande quadro que mostrava Jesus subindo aos céus entre nuvens, o padre parou e apontou com o dedo. Impostou a voz, como aprendera a fazer no seminário, e falou:

— Olha essa imagem, seu Gilmar. Depois da morte, existe a ressurreição. Ninguém morre, apenas sobe aos céus e senta-se ao lado de Deus, como fez Jesus, o nosso Salvador. E sabe o que pode nos ajudar nesse momento de agonia que o senhor tá passando? — O religioso olhou o homem nos olhos, sorriu e concluiu: — Uma bela garrafa de vinho português que ganhei do bispo de Aparecida. O senhor tá servido? A bebida já foi benzida e tudo!

Pela primeira vez naquela tarde, os olhos do homem que perdeu um dos filhos recuperaram um pouco do brilho. Ele e o padre subiram as escadarias do altar principal e entraram à esquerda, passando por uma das portas da sacristia. Uma garrafa de vinho tinto resplandecia numa mesa de madeira no centro da sala, sob as luzes de um grande e luxuoso lustre dourado.

— Sente-se, por favor, seu Gilmar! Sinta-se convidado na casa do Senhor. Fique à vontade! Aqui, ninguém passa fome nem sede! Principalmente sede! Afinal, Jesus não transformou água em vinho sem um propósito, não é mesmo? — disse o sacerdote, enquanto acomodava-se numa cadeira, tirava a rolha já parcialmente aberta da garrafa de vinho e servia a bebida ao convidado numa taça de cristal que lembrava o "Santo Graal". Seu Gilmar sentou-se calado ao seu lado. Pegou a taça com a mão trêmula, tomou um belo gole da bebida e disse baixinho:

— O senhor não vai beber também?

— Obrigado, seu Gilmar! Mas eu não posso. Tenho muita coisa pra fazer hoje. Confissões, acertos de contas da igreja, essas coisas! Fora que eu já bebi muito vinho na hora do almoço. Obrigado! Essa é uma garrafa só para o senhor! Talvez ela sirva para libertar a pequena alma do seu filho e entregá-la a Deus! E talvez liberte sua alma também! — respondeu o padre, cutucando a mesa várias vezes com os quatro dedos da mão direita em sequência.

Antes que o religioso concluísse sua fala, seu Gilmar tossiu, arregalou os olhos e encarou a taça de vinho. O padre Argemiro antecipou-se:

— Esse vinho arranha um pouco a garganta mesmo! É por causa de um certo tipo de uva portuguesa que é plantada há milhares de anos na região da...

Seu Gilmar interrompeu a fala do padre com uma sucessão de tossidas secas e engasgos. Soltou imediatamente a taça de vinho e ela espatifou no chão em milhões de pequenos cacos vermelhos. Ele se levantou da cadeira e, com muito esforço, levou as duas mãos à garganta, como se quisesse autoasfixiar-se. Gemendo e tentando respirar como se estivesse com um limão entalado na garganta, levantou-se da cadeira com os olhos arregalados e vermelhos e começou a caminhar em círculos, igual a um rato de laboratório ou a uma barata atingida por um jato de inseticida. Sem controle dos membros e da própria coluna, arcou as costas e começou a vomitar no piso da sacristia. Ao tentar recompor-se, seu corpo pendeu para um lado e ele acabou batendo a testa com violência nas mãos em oração da enorme estátua de madeira de Santo Antônio que ornamentava um dos cantos da sacristia. Com a pancada, a estátua de madeira em tamanho natural perdeu o centro de sustentação e desabou, chocou-se contra o chão com tanta força que sua cabeça separou-se do corpo e rolou aos pés do padre Argemiro, que só se benzia, com um olhar que era um misto de desespero e satisfação. Seu Gilmar, agitado e com os olhos arregalados onde só a parte branca aparecia, socou o joelho na mesa de madeira e a garrafa de vinho explodiu no chão. Os cacos de vidro e a bebida misturaram-se ao vômito e ao sangue que jorrava de sua testa partida ao meio, formando uma poça malcheirosa e viscosa no meio da sacristia. Seu Gilmar bufou feito um cavalo e respirou pela última vez na sua vida, caindo de joelhos e desabando de boca no líquido. O padre Argemiro só esfregava as mãos e rezava compulsivamente. Satisfeito e tenso ao mesmo tempo, abriu a porta de saída da sacristia e olhou para o exterior da igreja, para ver se não havia ninguém. Enquanto espreitava, gritou por duas vezes pelo nome de Dito Lobisomem.

O coveiro não demorou a aparecer. Desceu caminhando pela pequena rampa lateral que serpenteava por trás da igreja. Apesar de estar com a mão direita dilacerada e ensanguentada pelas sucessivas mordidas da criatura que aprendera a amar, ele assoviava uma música alegre e parecia não sentir nenhum tipo de dor. Muito pelo contrário, sua expressão era a de quem havia cheirado um quilo de cocaína e ainda estava vivo para contar a história. Seu Dito aproximou-se do padre sem falar nada e o religioso apenas o encarou, também com os olhos vidrados. Era como se o velho coveiro estivesse novamente num mundo próprio. Talvez ele estivesse visualizando criaturas demoníacas com as peles dos braços esturricadas pelo fogo do inferno, túmulos revirados no cemitério e a cidade de Monteiro Lobato submersa em sangue, como muitas vezes havia contado em detalhes para o amigo sacerdote. O padre lhe deu dois tapinhas nas costas e disse:

— Seu Dito, eu já fiz a minha parte. Agora é com o senhor. Dá fim no corpo desse desgraçado espancador de crianças, cola essa cabeça dessa merda dessa estátua com a cola de madeira que tem na gaveta da mesinha e limpe essa sujeira toda. Vou deixar as chaves das duas portas da sacristia com o senhor. Faça o que tem que fazer, arranque o coração desse infeliz, limpe tudo bem rápido, tranque as portas e me leve as chaves na casa paroquial. — O religioso entregou as chaves ao coveiro. Depois, pensou, olhou para dentro da sacristia e continuou: — Ah, tem balde, esfregão, pano de chão, água, desinfetante e cloro do lado da mesa, já deixei tudo preparado! Não deixe nenhum vestígio e seja rápido, pelo amor de Deus! Dá fim em tudo isso! Bom! Tô indo! Que Deus te abençoe nessa missão santa! — concluiu, já dando as costas ao coveiro e pegando seu rumo pela lateral da igreja.

    Seu Dito Lobisomem apenas concordou com a cabeça. Entrou na sacristia e trancou as duas portas por dentro. Tomando cuidado para não pisar no sangue, no vinho e no vômito, pegou o cadáver de seu Gilmar pelos braços e arrastou-o para um canto onde a enorme poça vermelha cheia de pedaços de comida não alcançava. Levou a mão machucada e suja de seu próprio sangue ao bolso e, ao perceber que havia esquecido de levar uma faca ou algum instrumento cortante, resmungou um "puta que pariu!" digno de quem comete um erro terrível. Inspirou o ar pesado que envolvia o cadáver e abriu as gavetas da mesa do centro da sacristia, uma a uma. Procurou por alguma ferramenta que o ajudasse a arrancar o coração do morto, como fez com dona Francisca. Não havia nada nas gavetas, a não ser velas velhas, pedaços de barbante, sacos plásticos do supermercado Sonda, de São José dos Campos, e alguns folhetos empoeirados de missas. O coveiro levantou a cabeça, inspirou mais uma vez o ar de açougue da sala e olhou ao redor. Foi quando percebeu um crucifixo preto de metal de mais ou menos trinta centímetros pregado acima da porta principal. Puxou uma das cadeiras do meio da poça de sangue, subiu nela e conseguiu agarrar o objeto com a ponta dos dedos. Forçou o metal barato com as duas mãos e ele se partiu em dois, fazendo surgir uma ponta afiada na parte maior da cruz. Sem perder mais tempo, o coveiro saltou da cadeira, ajoelhou-se ao lado do cadáver e começou a penetrá-lo violentamente com o objeto pontiagudo improvisado. Perfurou o cadáver umas quarenta vezes na altura do estômago, desviando-se do sangue que insistia em esguichar em seu rosto e atingir seus olhos. Em seguida, enfiou os dedos indicadores, médios, anulares e mínimos das duas mãos em alguns dos orifícios, forçou os braços para os lados e conseguiu rasgar a barriga do cadáver ao meio. Sem perder tempo, enfiou a mão direita na altura do estômago, tateou e foi rasgando os órgãos por dentro. Ao tocar o que imaginou ser o coração ainda pulsante da vítima, agarrou-o com força e arrancou-o, lembrando-se de como os antigos astecas faziam. O sangue jorrou em profusão e molhou o corpo da estátua de São Benedito que estava caída ao lado do cadáver de seu Gilmar. Seu Dito levantou-se num pulo, abriu a gaveta da mesa, pegou um saco de supermercado e jogou o coração dentro. Depois, puxou o balde com os panos de chão e os produtos de limpeza para perto da poça de sangue e começou a limpar tudo da melhor maneira possível. A sujeira era tanta que o velho demorou mais de meia hora para terminar o trabalho. Depois da tarefa suja, ele lavou as mãos na pia da sacristia, colou a cabeça da estátua no corpo e limpou-a do jeito que conseguiu. Em seguida, pegou o saco plástico com o coração, os panos, os produtos de limpeza, o balde até a boca de sangue, vômito, vinho e cacos de vidro, correu com todo esse material até o cemitério e escondeu tudo numa moita fechada. Retornou ofegante à sacristia, jogou o corpo de seu Gilmar nas costas e correu com ele para perto de seu túmulo preferido. Chegando lá, o coveiro largou o cadáver e ele se chocou contra o chão de terra seca como se fosse apenas um pedaço de carne jogada aos leões nos tempos das arenas romanas. O coveiro riu alto e voltou até a igreja correndo. Com o último pano ainda limpo, removeu as últimas gotas de sangue que respingaram do cadáver, trancou a porta principal e, depois, a lateral. Voltou ao cemitério e, por alguns segundos, tentou imaginar uma maneira criativa de dar fim ao corpo. Pensou em jogá-lo em uma cova já aberta e meter terra por cima, mas achou que seria óbvio demais. Foi quando teve uma ideia que o fez gargalhar.

Já era noite feita e escura quando o coveiro arrastou o cadáver sem coração de seu Gilmar para bem perto do buraco no túmulo onde depositava suas riquezas roubadas. O coveiro olhou para os lados, como se procurasse algo na escuridão. Encontrou uma pedra maior do que sua mão. Ajoelhou-se ao lado do túmulo e começou a desferir pancadas fortes no mármore até abrir ainda mais o orifício, a ponto de poder passar um cadáver através dele. Enfiou primeiro no buraco as duas mãos e os braços de seu Gilmar. Depois, foi ajeitando a cabeça na entrada. Teve muita dificuldade, pois o cadáver era fresco e ainda estava com o pescoço mole. Cansado, o coveiro parou de empurrar o homem morto e gritou, olhando para a escuridão ameaçadora do buraco do túmulo:

— Vai, bicho filha da puta! Só quer se alimentar do meu sangue? Bicho do inferno! Tá aqui, um corpo inteirinho só pra você! Vai, filha da puta, come!

Depois de ouvir um ruído similar ao guincho de um morcego, seu Dito esboçou um sorriso. "Vai, desgraçado, hora da janta! Come, filha da puta!", pensou. O guincho foi ficando mais alto e estridente até que parou. O coveiro respirou fundo e, enquanto empurrava um pouco mais o corpo para dentro do buraco escuro, sentiu um tranco, como se o cadáver fosse uma isca e um enorme peixe estivesse preso num anzol. De repente, seu Dito ouviu um som familiar. Era o barulho gosmento de uma boca mastigando e salivando, como sempre aparecia quando ele enfiava a mão no túmulo. Um outro tranco ainda mais forte puxou o cadáver até a cintura para dentro do buraco. O terceiro puxão foi o derradeiro e fez as pernas de seu Gilmar desaparecerem na escuridão do jazigo. Seu Dito pensou em correr para buscar uma lanterna que vira na gaveta da mesa da sacristia para tentar observar o que acontecia lá dentro, mas não foi necessário. Um par de olhos vermelhos acendeu de repente na escuridão e refletiu nos olhos vidrados do coveiro incrédulo. Ao redor deles, dois redemoinhos de fogo formaram-se, espalhando um cheiro forte de enxofre e flores que se misturou ao odor de carne fresca do cadáver. O poder das chamas e a velocidade dos giros dos olhos da criatura aumentavam a cada guincho que saía da sua garganta e ecoava no interior da sepultura. Seu Dito, por mais que forçasse suas velhas pupilas, não conseguia identificar de qual espécie seria tal animal. À sua visão, parecia ser uma criatura desengonçada, lenta e de pescoço longo. Apenas uma parte de seu contorno era visível, destacando-se à contraluz das labaredas inquietas. A única coisa realmente identificável naquele pesadelo todo eram as vísceras e os ossos que sobraram do cadáver do seu Gilmar, agora completamente iluminados pelo fogo que ardia e transformava o túmulo negro em uma filial do inferno. Assim que a criatura consumiu toda a carne do cadáver, seu Dito encantou-se ao ver o contorno de sua cabeça roendo por último o crânio da vítima e deixando um rastro de ossos frescos e quebrados no interior da sepultura. Depois de alimentar-se, o animal soltou um último guincho e o fogo apagou-se como se alguém fechasse o registro de um lança-chamas.

Seu Dito, com o coração aos pulos, respirou fundo. Satisfeito, agradeceu a Deus, levantou-se, revirou com os pés a terra onde o sangue do cadáver havia escorrido e dirigiu-se até a moita onde escondera os indícios do crime que acabara de cometer. Chegando lá, pegou o balde com a mistura borbulhante de panos, sangue, vômito, cacos de vidro, vinho, veneno de rato, água sanitária e sabão e atirou-o dentro de uma cova próxima, que já aberta há muito tempo, aguardando um inquilino lobatense disposto a pagar o seu preço. Em seguida, o velho tirou a faca improvisada do bolso, jogou-a no buraco e cobriu tudo de terra com a pá. Depois, voltou até a moita, agarrou o saco do supermercado Sondas contendo o coração de seu Gilmar e resolveu ir até a imagem de Cristo para prestar contas. Chegando na base da estátua, ajoelhou-se, olhou para a ela, ergueu o saco plástico e falou:

— Meu Senhor! Tá aqui a segunda prova da minha devoção. Eu sei que ainda faltam onze canalhas, mas eles estão a caminho. Tenho mais onze corações inúteis pra ofertar pro senhor. Eu prometi, tá prometido. O tempo é curto, mas minha fé é maior!

A estátua nada respondeu. Seu Dito aguardou a comunicação do seu mestre por mais alguns segundos e, com receio de ser pego de surpresa por algum curioso ou por algum casal que resolvesse divertir-se naquela noite na casa dos mortos, despediu-se dele com um sinal da cruz. O coveiro levantou-se orgulhoso e pôs-se a caminhar calmamente ladeira abaixo, segurando o saco de supermercado contra o peito e dando as costas para Jesus. Enquanto ele andava com o sorriso estampado na dentadura em direção à sua moto estacionada do lado de fora do portão do cemitério, os olhos da estátua de Jesus Cristo se abriram. Os dois enormes globos oculares brancos da imagem santa acenderam-se sem as pupilas e quebraram ao meio a escuridão do local. Como se fossem duas luzes negras de danceteria, refletiram sobre as superfícies brancas de alguns túmulos próximos. Depois de arregalar os olhos e de tornar parte do cemitério lobatense fosforescente, Jesus sorriu. Seu Dito nem viu.

CAPÍTULO 14
STAIRWAY TO HEAVEN

Na visão ofuscada de Preguinho, apenas vultos opacos movimentavam-se à contraluz laranja. Alguns de braços abertos, como se o chamassem para um abraço, e outros andando de um lado a outro, aparentando falta de rumo. Outros, inclusive, pareciam sobrevoar sua cabeça em voos rasantes e rápidos. O garoto coçou os olhos com a ponta dos dedos indicadores e caminhou alguns passos, mas não conseguiu sentir seus pés tocando a terra. Era como se caminhasse e afundasse em toneladas de algodão empilhado. Não sentia nenhum tipo de brisa, vento ou tempestade roçando sua cara e nenhum tipo de som atacando seus tímpanos. Enquanto andava de olhos arregalados, tentava prestar atenção às faces de algumas das figuras sombrias que o rodeavam e formavam pequenos redemoinhos no ar, como se estivessem de mãos dadas, brincando de roda. Queria identificar alguém que o ajudasse a decifrar no que estava se metendo. Tentou chamar a atenção de alguns deles, mas sua voz não arredava pé de sua garganta. À esquerda do caminho em linha reta em que caminhava, havia uma encruzilhada, com uma grande cruz de madeira cravejada de lantejoulas vermelhas fincada no centro. Ao redor dela, velas pretas e vermelhas acesas, alguns frangos mortos e outros agonizando no próprio sangue, farofa e garrafas de cachaça denunciavam que vários tipos de rituais religiosos foram realizados naquele local. Nos braços da cruz, dois urubus estáticos, de olhos arregalados e asas abertas, da mesma maneira que várias aves posicionam-se para secarem suas asas. Um deles segurava um relógio "G-Shock" no bico. O outro, uma correntinha que brilhava como ouro. Preguinho lembrou-se do relógio do pai e da correntinha de ouro com pingente de Nossa Senhora Aparecida, que seu irmão ganhara da mãe de presente de aniversário. Ele se aproximou da base da cruz, agachou-se e posicionou a mão sobre a chama de uma vela preta que estava em parte derretida. Com lentidão, passou seus dedos magros entre o fogo e não se queimou. Muito pelo contrário. Sentiu seus dedos gelados, como se roçassem o gelo fino, do tipo que se acumulava dentro dos refrigeradores mais antigos. Enquanto enfiava o dedo indicador da outra mão para sentir o gelo fantasmagórico de uma vela vermelha, começou a ouvir uma melodia que não lhe parecia estranha. Levantou-se e olhou para os lados, na tentativa de identificar de onde vinha o som. Viu, à sua esquerda, um caminho ladeado por jaboticabeiras carregadas de frutos. Lembrou-se de que seu irmão sempre lhe falava que sua fruta predileta era a jabuticaba. Começou a caminhar entre elas, olhando para cima, de olhos arregalados e presos no céu avermelhado. No final da pequena estrada, um vulto translúcido de uma criança parecia querer chamar sua atenção, encostado em uma das grandes árvores e girando um pedaço de bambu no ar. Preguinho, morrendo de curiosidade e espanto, foi em direção a ele com passos mais apressados. Ao aproximar-se, sentiu a intensidade do som aumentar e tocar sua alma com a suavidade de luvas de pelica vestidas por mãos de mães zelosas. Foi então que o garoto abriu um sorriso largo ao reconhecer a melodia. Era a parte vocal de "*Stairway to Heaven*", da banda Led Zeppelin, que seu irmão menor havia aprendido com o pai a tocar na pequena flauta de plástico Hering.

— Flautinha? — gritou Preguinho para o vulto, mesmo já sabendo que sua voz não ecoaria naquele ambiente avermelhado que parecia embalado à vácuo. Ele arregalou os olhos ao ouvir sua própria voz ecoando em várias tonalidades, timbres e velocidades, como se estivesse em um ambiente fechado e vazio, parecido com um salão de bailes sem ninguém dentro. O garoto olhou para o vulto e gritou mais uma vez. Foi então que, do nada, a sombra da criança começou a caminhar em sua direção.

— Flauta? — O grito de Preguinho chamando pelo apelido do irmão morto ecoou e retornou com um volume tão alto que o fez tapar os ouvidos com a palma das mãos.

Trêmulo e aguardando por uma resposta, o garoto apenas observou a pequena sombra transparente aproximando-se devagar, como se flutuasse, em pé, sobre uma canoa tocada pelo vento. A melodia de *"Stairway to Heaven"* ecoava em um *looping* eterno e, de alguma maneira, enchia a alma de Preguinho de paz. Desde que a ouvira pela primeira vez, quando o irmão ainda era vivo, aquela sequência de notas repetidas à exaustão lhe proporcionava um misto de prazer com orgulho. Foi então que a pequena imagem indefinida parou à sua frente e começou a mexer a boca, como se quisesse desesperadamente dizer alguma coisa. Atormentado, apesar de prestar muita atenção, Preguinho não conseguiu ouvir nenhum som. A sombra da criança levou novamente a flauta à boca, caminhou alguns passos e parou a alguns centímetros de Preguinho. Depois, guardou o instrumento entre as penumbras negras do corpo, no que parecia ser um bolso. Em seguida, esticou as mãos e tentou segurar as mãos de Preguinho, que hesitou em retribuir o gesto. De repente, num movimento mais rápido do que um tapa, Preguinho sentiu o vulto atravessando seu corpo, como se ele próprio nem existisse. O menino virou-se e reparou que a efígie da criança chamava-o mais uma vez, acenando com a flauta outra vez em uma das mãos. Preguinho começou a segui-la entre as sombras, no caminho de jaboticabeiras. Alguns metros à frente, o cenário mudou. O céu passou de vermelho para laranja. As jaboticabeiras não existiam mais, dando lugar a uma plantação de pêssegos, a fruta preferida de seu pai Gilmar, que, para tristeza de sua família e de todos os lobatenses, continuava desaparecido. O coração de Preguinho desmoronou como um barranco em dia de chuva, por um momento, com a lembrança do pai. Depois, acelerou ainda mais quando ele viu que a efígie da criança apontava a flauta para uma outra sombra sentada no chão, entre dois pessegueiros. Era o vulto de um homem adulto e estava cabisbaixo, de cotovelos fincados nos joelhos e mãos no rosto, como se segurasse a cabeça e o peso do mundo. De repente, uma nova melodia começou a ecoar naquele ambiente que parecia à prova de sons. Eram, agora, as notas da música "Trem das sete", do cantor e compositor Raul Seixas, que rasgavam como navalhas a alma de papel-manteiga de Preguinho. Seu Gilmar, seu pai, sempre a assoviava daquele mesmo jeito, sempre num tom mais baixo do que o da gravação original.

— Pai? — gritou Preguinho. O vulto do homem adulto levantou a cabeça e girou-a para todos os lados, como se fosse um periscópio descontrolado de um submarino. De repente, enfiou a cabeça entre as pernas e ficou quieto.

Percebendo que o vulto do que parecia ser o seu irmão Flauta distanciava-se a passos largos, Preguinho correu e alcançou-o. Depois que parou, uma sensação de desmaio iminente tomou conta de seu corpo. Ele fechou os olhos e puxou para dentro dos pulmões um ar que praticamente não existia naquele ambiente hermético. Quando os abriu, deslumbrou-se com um cenário diferente descortinando-se à sua frente. Sentiu o cheiro de uma mistura de café, flores, velas e perfume barato. Diante dele estava o seu avô, pai de Gilmar. Parecia que não tinha envelhecido um só dia, desde a última vez que o vira quando era criança bem pequena.

— Tenho uma coisa séria pra te contar! — disse o velho sem titubear.

— É você mesmo, vô? — perguntou Preguinho, de cabelos em pé.

— Não temos tempo pra muita conversa! Vou ser bem direto, pra não te assustar! — Seu Jair respirou fundo e continuou: — Então! Sabe aquele vulto do garotinho da flauta que o trouxe até aqui? Sim, claro! Óbvio! Ele é o seu irmão recém-chegado!

O avô continuou:

— E sabe aquele homem que você viu sentado entre os pessegueiros? Sim! É o seu pai, o Gilmar! O meu filho!

Preguinho não conseguia mais falar.

— Eles querem que você saiba de uma coisa muito importante! Que eles esperam você e seus amigos no domingo de Páscoa, lá no cemitério de Monteiro! É lá que eles vão oficializar e carimbar a "passagem"! — concluiu o velho, dando as costas para o neto e desaparecendo numa bruma de fumaça. Preguinho sentiu uma tontura invadir sua alma e seu chão abriu-se por completo.

O menino começou a despencar de onde nunca sonhara visitar. Sentiu a falta de oxigênio espremer seus pequenos pulmões, enquanto observava sua cama aproximando-se na velocidade da luz. Assim que sentiu seu corpo estatelar-se no colchão já molhado de suor, acordou gritando pela mãe. Estava atordoado e tinha a respiração travada, como acontece numa apneia do sono. Sua mãe acordou, pulou da cama, correu até ele e acudiu-o com o coração aos pulos. Passando a mão em sua testa, acalmou-o dizendo que tinha tido um pesadelo. Apenas um pesadelo.

CAPÍTULO 15
DOMINGO DE RAMOS E PLANOS

Chegou o domingo, dia 05 de abril, uma semana antes da Páscoa. Para a tradição católica, era mais um "Domingo de Ramos" a ser lembrado e vivido. Significa a celebração do dia em que Jesus Cristo chegou na cidade de Jerusalém montado em um jumento e uma multidão festiva recebeu-o, acenando com ramos de árvores. Na tão aguardada celebração religiosa lobatense, assim como em várias partes do mundo, os fiéis locais sempre assistiam às missas munidos de ramos de palmeira de todos os tipos e em todos os formatos imagináveis. Alguns enormes e trançados, outros apenas um pequeno ramo. Independentemente das proporções físicas das plantas, a fé era o que movia a paixão do povo naquele dia, que, devido aos acontecimentos recentes, amanheceu triste.

Alguns dias haviam passado desde a morte brutal da professora Francisca, da partida prematura do pequeno Flauta e do desaparecimento misterioso de seu Gilmar. A polícia lobatense, em conjunto com unidades especiais de São José dos Campos, não media esforços, mas não conseguia encontrar nenhuma pista que iluminasse os acontecimentos recentes que abalaram a pequena cidade. Fofocas locais, baseadas em *fake news* de grupos de Whatsapp, apenas reproduziam em larga escala a história de que seu Gilmar havia fugido com uma amante para uma cidade do Paraná, mas ninguém conseguia provar nada. Sobre o que acontecera com a professora Francisca, o silêncio era maior.

O padre Argemiro acordou cedo, despediu-se da catequista Rosana, tomou um banho e assistiu ao programa "Globo Rural" tomando seu café com leite e biscoito de polvilho. Depois, dirigiu-se até a sacristia da igreja matriz para os preparativos da missa das nove horas da manhã. Foi acompanhado das beatas dona Marta e dona Arlinda, duas servidoras municipais aposentadas muito queridas da cidade. Na sacristia, pediu com educação para que as duas saíssem, trancou a porta e sentou-se à mesa principal. Apesar da limpeza meticulosa executada por seu Dito Lobisomem no dia do assassinato, o ranço do cheiro do sangue de seu Gilmar misturado com vômito e água sanitária ainda empesteava o ar. O religioso sentiu-se incomodado. Levantou-se, pegou um frasco do aromatizante "Bom-Ar" com cheiro de "flores do campo" e espalhou generosamente o produto pelo ambiente, dando atenção especial à cabeça colada do Santo Antônio, que quebrara no dia do assassinato. Depois, sentou-se na cadeira, abriu uma gaveta e pegou uma folha de papel sulfite e uma caneta. Pensativo, debruçou-se em cima dela e começou a escrever alguns nomes. Envolvido num tipo de concentração que produzia indefectíveis sorrisinhos irônicos no seu rosto, acabou escrevendo no papel um total de onze nomes de lobatenses de todas as classes sociais. Depois, rasgou em volta dos nomes, dobrou os papéis em pequenos quadradinhos e jogou tudo dentro de um recipiente de metal dourado parecido com um cálice, mas muito maior e com tampa.

O horário da missa foi aproximando-se e os fiéis já lotavam a igreja matriz, que, àquela altura, tornara-se um tipo de filial da Mata Atlântica, a julgar pela enorme quantidade de plantas em seu interior. Muitos desses fiéis, inclusive, não conseguiram entrar e contentaram-se em ostentar sua fé e seus ramos do lado de fora do local. Talvez as respostas para a grande comoção e pela presença maciça dos moradores naquele dia fossem as mortes recentes de lobatenses tão queridos. Talvez as tragédias enchessem os corações dos cidadãos da cidade de um tipo de tristeza tão avassalador que deveria ser expurgado em rituais religiosos tradicionais como aquele.

O sino tocou às nove horas em ponto e o padre Argemiro subiu ao altar, ladeado por dois coroinhas gêmeos de dez anos de idade. Os dois meninos ostentavam expressões serenas e celestiais nas faces, apesar de todos os lobatenses saberem as pestes que eram, principalmente na escola. Marcelo e Carmelo, ou "pinga-fogo e carequinha", como eram apelidados, ficaram famosos na Escola Maria Ferreira Sonnewend por matarem um gambá a pauladas na quadra de esportes e por jogarem pimenta do reino na caixa d'água do colégio, além de muitas outras bizarrices. O "castigo" imposto por dona Isabel, a mãe, foi obrigá-los ao ofício de coroinha, cargo tão temido pelas crianças mais rebeldes da cidade. O padre Argemiro, apesar de saber da provação que seria, aceitou o desafio e assinou embaixo a decisão.

O sacerdote começou a celebração da missa sem esconder a empolgação na voz, dizendo, quase aos berros, que haveria uma "surpresa no final". O ritual tradicional transcorreu normalmente. O sermão do padre Argemiro, dedicado às memórias de dona Francisca e de Flautinha e que lembrava também o desaparecimento misterioso de seu Gilmar, emocionou muita gente. Dona Anita e Preguinho, sentados na primeira fileira de bancos de madeira, não conseguiram segurar o choro. Depois de mais de uma hora de missa e antes de dizer o fatídico e libertador "Vamos em paz e que o Senhor vos acompanhe", o padre Argemiro sorriu e pediu a atenção de todos.

— Irmãos lobatenses! Antes de nos despedirmos dessa linda celebração de Domingo de Ramos, quero pedir uma gentileza. Quero que fiquem mais um pouco. Apesar desses tempos difíceis que estamos vivendo na cidade, tenho uma ótima notícia pra alguns de vocês! — depois da fala do padre, um ruído intenso de conversas sussurradas instalou-se no ambiente como se fosse um enxame de abelhas. O pároco ergueu uma das mãos, pediu silêncio e continuou: — Todos sabemos que a cidade está muito triste esta semana com as mortes de duas pessoas queridas e com o desaparecimento do nosso querido irmão Gilmar! Mas, irmãos, apesar disso, em nome de Nosso Senhor Jesus Cristo, não devemos desanimar! Se somos católicos praticantes e tementes a Deus, temos que aceitar os desígnios Dele e rezar pelas almas desses irmãos que não estão mais entre nós! — Um "amém" foi ouvido em uníssono. O padre pediu licença, foi até a sacristia e voltou sem demora ao altar, segurando o enorme "cálice" com tampa onde depositara os papéis dobrados com os nomes escritos. — A surpresa é a seguinte, meus irmãos! Vocês sabem que, no domingo que vem, celebraremos a grande festa da Páscoa, não é mesmo? — O sacerdote ouviu um "sim" de muitas vozes, sorriu como quem ganha um presente. — Então, para comemorar a ressurreição de Jesus Cristo, eu, padre Argemiro, por minha própria vontade, resolvi presentear onze lobatenses sortudos com uma viagem na *van* da igreja até Aparecida, para que possam agradecer pessoalmente à Mãe pelo dom da vida e pela ressurreição de Seu filho. Afinal, Páscoa é a celebração da vida, não é mesmo? — Outro "sim" reverberou pela nave principal da igreja e ecoou pelos corredores laterais. Assim que o silêncio voltou, obedecendo outro gesto autoritário de mão, prosseguiu: — Para fazer o sorteio, eu anotei os nomes de cem lobatenses queridos. São nomes de pessoas que, de uma maneira ou outra, sempre ajudam nas obras da igreja. Não fiz distinção de ricos ou pobres, apenas segui a minha intuição como pároco de muitos anos nesta cidade. Confesso a vocês que foi uma tarefa difícil, mas os nomes dos cem já foram selecionados e estão todos dentro deste recipiente. Vou colocar a mão, tirar apenas onze papeizinhos e ler para todos vocês em voz alta. Se os contemplados estiverem aqui, que levantem a mão ao ouvirem seus nomes e que recebam uma calorosa salva de palmas de todos os lobatenses católicos. Se o sortudo, por acaso, não estiver aqui, peço o favor de o avisarem do presente que ganhou de Deus! Tudo bem? Eu resolvi sortear apenas onze pessoas, porque vocês sabem que a *van* da igreja não é tão nova assim e, com menos passageiros em seu interior, diminui o risco da sobrecarga, *ok*? — A igreja em peso acenou positivamente com a cabeça. — E quem vai levar os sortudos até Aparecida é o nosso amigo Dito Lobisomem, que, aliás, é um motorista experiente e sempre me ajuda nas locomoções de *van* até as roças da região. — Nesse momento, muitos fiéis entreolharam-se, como se a notícia da escolha do coveiro como motorista pegasse-os de surpresa. — Bom, vou ser rápido, então, para liberar vocês para o almoço especial do Domingo de Ramos!

Padre Argemiro olhou para o coroinha Marcelo, à sua esquerda, e lhe fez um sinal com a cabeça para que tocasse o pequeno sininho de metal dourado. Quando o objeto reverberou, o religioso ergueu o recipiente com os olhos fechados, como faz com a hóstia sagrada, abaixou-o, tirou a tampa, enfiou a mão dentro e gritou:

— Seu João Marceneiro!

Ao ouvir seu nome, o velho morador do bairro da Matinada abriu um sorriso de orelha a orelha, ergueu a mão calejada pelos anos e anos de trabalho com madeira e foi muito aplaudido. Por muitos anos, o velho marceneiro, agora aposentado, fora responsável por quase tudo o que fosse feito de madeira na cidade de Monteiro Lobato, das carteiras escolares aos bancos da igreja, além de muitos outros objetos. O padre parabenizou-o e puxou outro nome.

— Dona Aninha do Joca!

Uma velhinha de coque, não conseguindo esconder a timidez e o rosto corado, levou a mão ao peito e ergueu a mão direita. Aplausos reverberaram mais uma vez.

Assim, com aplausos para os nove sorteados que estavam presentes e recomendações aos dois que não estavam na missa, onze nomes foram pronunciados pelo padre. A missa acabou, os fiéis voltaram mais aliviados para suas casas, levando seus ramos benzidos, e os sortudos escolhidos para a viagem já começaram a espalhar a notícia. O padre Argemiro deixou a igreja matriz apressado, como se tivesse algo ainda mais importante a fazer. Chegou à casa paroquial, trancou-se no quarto e pegou o telefone celular. Digitou alguns números, aguardou, e assim que alguém atendeu do outro lado, falou, em voz baixa:

— Seu Dito, bom dia! Tudo bem com o senhor?

— Ô, padre! Ainda bem que você ligou. Tava doido pra falar com o senhor. — A voz de seu Dito Lobisomem ecoava pastosa pelo fone do celular do religioso, como se o coveiro estivesse, mais uma vez, embriagado. — Padre, eu tô desesperado! — Um som de um gole foi ouvido pelo sacerdote. — Eu acordei hoje cedo com o barulho dos sinos da igreja, liguei na missa da Rede Vida e vi que já é o tal do "Domingo de Ramos", né?

— Sim, seu Dito! Hoje comemoramos a chegada de Jesus Cristo a Jerusalém, montado num jumento! Foi o dia em que o Filho de Deus foi recebido com...

— Tá bom, seu padre! Me diz o sermão outra hora! Tô tremendo de medo aqui! Eu só me toquei disso agora! Tava pensando que ainda faltavam uns quinze dias! — interrompeu seu Dito Lobisomem, bebendo outro gole de cachaça em seguida. — Falta só uma semana pra Páscoa? Diz que não, pelo amor de Deus!

— Sim, seu Dito, só uma semana! Mas não se preocupe...

— Como não me preocupar, padre? É a porra da minha alma que tá em jogo! — O velho coveiro gritou e socou a mesa do outro lado da linha. O som de um copo quebrando foi ouvido. — E eu só tenho dois corações de merda pra oferecer pra Jesus! E ELE me pediu treze! Puta que pariu, não sei como vou me virar! Tenho uma arma aqui comigo e tô pensando em fazer uma loucura! — O coveiro fez alguns segundos de silêncio e disse: — Passa a lista de mais onze filhas da puta de coração ruim pra mim logo, padre! Só o senhor pode me salvar dessa merda!

— Calma, seu Dito! Eu já arrumei tudo para o senhor — o padre falou mansamente, sem esconder a ironia, como se quisesse irritar ainda mais o coveiro.

— Calma é o caralho! — Seu Dito Lobisomem gritou, mas se conteve em seguida, com medo de que a vizinhança escutasse a conversa. Baixou o tom da voz e sussurrou, entre os dentes, quase chorando: — Padre, como eu já disse, só tenho dois corações no meu congelador. Vou fazer uma loucura. Tô pensando em meter uma bala na cabeça e ir pro inferno de uma vez!

— Seu Dito, respira fundo, toma mais um gole de cachaça e me ouve, pelo amor de Nosso Senhor Jesus Cristo! — respondeu o sacerdote, enquanto servia-se de um copo de vinho tinto. — Olha, é o seguinte! Como eu já sabia que o senhor nunca foi bom de datas, resolvi me antecipar e bolei um plano pra salvar essa alma atormentada.

— Jura, Padre? Que Jesus o abençoe!

— Amém, seu Dito! Amém! Mas me ouça com atenção! — O sacerdote tirou os onze papeizinhos do "sorteio" do bolso da calça *jeans*, jogou tudo em cima da mesinha do quarto, sorriu e continuou: — Hoje, na missa do Domingo de Ramos, eu fingi que sorteei onze pessoas para uma excursão de mentirinha. É uma viagem de *van* da paróquia de Monteiro até Aparecida, no domingo da Páscoa. Fingi, sim, porque escolhi esses onze filhas da puta a dedo! São onze canalhas que sempre confessaram suas maldades comigo e que não merecem mais respirar esse nosso ar de gente do bem. Esses onze condenados, somados aos dois canalhas que o senhor já deu cabo e que já estão dormindo no inferno, completam a promessa que você deve encaminhar a Jesus!

— Nossa, padre! Que coisa! — Seu Dito tomou outro gole de pinga no gargalo. —Muito obrigado! Não tenho como agradecer!

— Seu Dito, não precisa agradecer! É só ser generoso com as obras da igreja, como o senhor sempre foi! Mas ouça com atenção o que o senhor deve fazer, *ok*?

— *Ok*, padre, desembucha! Quero saber como devo proceder pra receber as chaves do céu! Agora, o senhor me empolgou! Afinal, somos gente de bem, né? — A voz de seu Dito estava radiante pela primeira vez naquela manhã.

— Então, seu Dito! Muita calma nessa hora! — O sacerdote, como se não conseguisse segurar mais, soltou uma gargalhada. Esfregou as mãos, tocou os papéis sobre a mesa com a ponta dos dedos, como se estivesse escolhendo feijão, e explicou: —É o seguinte! No domingo de Páscoa, vou ligar de manhã para os onze "contemplados por Deus" e convidá-los para um almoço especial. E eles vão aceitar, com certeza, essa gente é esfomeada que só e não perde uma boquinha. Quero que o senhor venha também, mas munido daquele "remedinho" que você deu para o seu Gilmar, certo?

— Padre do céu! Mas aquilo foi muito feio. Não tem outro jeito? Só de pensar em limpar a sujeira desses onze lobatenses imundos, já deu vontade de me matar — retrucou o coveiro, rindo em seguida.

— Pois é! Isso é verdade. Então, temos que pensar em outro modo. O senhor tem alguma sugestão? — retrucou o pároco, esperando alguns segundos pela resposta.

— Padre, eu lembro que minha mãe tomava metade de um comprimido para dormir, uns quinze minutos antes de se deitar. Depois, apagava de vez e dormia feito uma pedra. E se a gente moesse alguns tranquilizantes e misturasse todo o pó no vinho do almoço desses filhas da puta? — perguntou seu Dito, ainda mais radiante e aparentando ter eliminado todo o álcool de seu corpo com a ideia.

— Nossa, seu Dito! Genial isso! Mas e aí? Eles vão dormir na *van* na estrada. E depois, como o senhor vai fazer? — retrucou o religioso, curioso e satisfeito.

— Padre, deixa comigo! Eu já tô ficando experiente nessas coisas. Se a polícia não me prender até domingo que vem, eu pago essa promessa que fiz a Jesus Cristo, pego meus "pertences" no cemitério e depois desapareço pra sempre dessa merda dessa cidade! Nunca mais ninguém vai ouvir falar de mim! Amém? O senhor me abençoa nessa promessa?

— Claro, meu filho! Se a sua intenção é agradar a Jesus com essa atitude, eu o abençoo pro resto da vida! Mas não se esqueça de deixar o seu tributo caridoso para as obras de Deus, tá? ELE vai ficar muito agradecido e eu também. Amém? Fique em paz! — respondeu o padre, juntando os papeizinhos da mesa com a palma da mão, guardando tudo no bolso e desligando o telefone em seguida.

Antes que pudesse engolir mais um gole de vinho e pensar a respeito da conversa que teve com o velho coveiro, padre Argemiro ouviu batidas suaves na porta. Quando a abriu, deu de cara com a catequista Rosana, mais uma vez ostentando um sorriso malicioso no rosto e com a blusa já desabotoada até o umbigo.

CAPÍTULO 16
JUNINHO

Preguinho coçava os olhos e espalhava a tristeza das lágrimas pelo rosto, em frente à televisão ligada no volume mínimo. Aquela era a tarde de Domingo de Ramos mais triste de sua vida. A mãe dormia no quarto, sedada por tranquilizantes. A morte recente do irmão e o desaparecimento do pai prendiam os pensamentos da família à tristeza, como se fossem bolas de ferro de prisões antigas. Desorientado, ele pegou o telefone e passou uma mensagem para o grupo "Caçadores de Cuzaruins", que dizia: "Sonhei com meu irmão e com meu pai. Quero me encontrar com vocês pra gente entrar no "buraco do inferno" de novo, mas sem a dona Sinhá. Carreguem os celulares! Vamos usar as lanternas!". Os amigos Simão e Jonas Bocudo responderam prontamente que topavam. Uma hora depois, por volta das 15 horas, os três já estavam parados em frente aos ramos do "salgueiro chorão" que protegia a entrada da caverna. Preguinho antecipou-se, com a voz mole que insistia em escorregar pelos seus lábios enegrecidos de luto:

— Pessoal, é o seguinte! — Ele respirou profundamente, tomou coragem e disse, olhando para a terra úmida debaixo dos seus pés: — Olha, esses dias, eu sonhei com o meu irmão, com o meu pai e o meu avô. Era um sonho muito estranho, com lugares esquisitos. No sonho, meu avô me disse que era pra gente se encontrar com o meu irmão e com o meu pai no cemitério no domingo de Páscoa. — O garoto engasgou com a saliva, chorou um pouco, respirou fundo mais uma vez e informou: — E tem outra coisa. Eu tenho quase certeza de que o meu pai tá morto também.

— Meu Deus! — resmungou Bocudo. — Não pense assim! Acho que isso é uma... é uma porcaria de uma mentira! É só um sonho. Eu ouvi o Julião da mecânica falando que talvez ele tenha ido pro Paraná. Parece que ele tinha uma...

— Cala a boca, Bocudo! — interrompeu Simão, fuzilando o amigo com os olhos e espalmando as duas mãos a dois centímetros do seu rosto cheio de pintas. — Deixa de ser bobo e vê se para de ficar acreditando nesses fofoqueiros de Monteiro. Esse povo não tem o que fazer, pelo amor de Deus!

— Então, eu não sei de mais nada! Só sei que foi um sonho muito real... — interrompeu Preguinho. — Me ajudem nessa? Quero que vocês me acompanhem, pra gente tentar entrar em contato com o Flautinha na frente daquelas estátuas de novo. Vou tentar imitar direitinho o que sua vó fez, Simão! Quem sabe, né?

Os amigos consentiram com olhares pesarosos. Preguinho pediu que todos ligassem as lanternas dos celulares, separou os ramos do "salgueiro chorão" com a mão direita, ligou a luz do seu próprio celular e desceu primeiro, iluminando as escadas cheias de musgo da caverna. Seus amigos seguiram-no. Os morcegos pareciam mais alvoroçados e em maior número naquele dia. Jonas Bocudo tentava desorientar um deles com a luz da lanterna do seu aparelho e socava o ar como se espantasse pernilongos. Como se tivesse perdido a coordenação motora do braço direito, não conseguiu seu objetivo e soltou um palavrão que ecoou pelas paredes do "buraco do inferno".

Depois de percorrerem os corredores úmidos que cheiravam a mofo, fezes e urina de morcego, finalmente atingiram o salão principal da caverna. As luzes fortes dos LEDs dos celulares permitiram uma visão mais nítida dos detalhes mórbidos e claustrofóbicos do local. As caveiras humanas com as velas em cima, a cela com a grade em um dos cantos e as grandes estátuas de Jesus Cristo e do Diabo em seu centro pareciam ainda mais assustadoras com os reflexos aleatórios e trêmulos dos três pontos de luz dos celulares. Preguinho lembrara-se de levar um isqueiro. Acendeu as velas dos crânios uma a uma, enquanto os amigos curiosos perscrutavam os cantos mal-iluminados do lugar esquecido por Deus, ou pelo Diabo. Depois, o irmão de Flautinha ajoelhou-se em frente às estátuas do "bem" e do "mal", no exato local onde dona Sinhá havia rezado suas orações e invocado as forças desconhecidas. Ele fechou os olhos com toda a fé triste daquele momento e começou a chamar pelo irmão com a simples pergunta: "Flautinha, você está aqui?". Nenhuma resposta veio. Apenas os barulhos dos guinchos e das asas dos morcegos ecoavam sobre sua cabeça. Tentou chamar mais uma vez. Nada. Respirou fundo e chamou pelo pai: "Pai, o senhor está aqui?". Nada também. Simão e Jonas Bocudo apenas entreolhavam-se em silêncio, iluminando a si próprios com os celulares. Suas respirações ofegantes começaram a competir em volume com os ruídos agudos dos morcegos. Preguinho desesperou-se. Levou as duas mãos ao rosto, apoiou os cotovelos no chão e mergulhou num choro compulsivo. Os amigos tentaram acalmá-lo.

— Preguinho, não se preocupe, mano! O Flautinha deve estar bem onde está. Ele era bonzinho e deve estar no céu, sentado ao lado dos anjos, de Nossa Senhora, de Deus e de Nosso Senhor Jesus Cristo! E o seu pai pode estar vivinho da Silva ainda. Ninguém sabe, né? Eu acredito na história do Paraná — Jonas Bocudo só se tocou da besteira que dissera quando os olhos de metralhadora giratória de Simão fuzilaram os seus.

— Meu amigo, vou te dizer uma coisa! — interrompeu Simão, caminhando em direção a Preguinho. Quando se aproximou, iluminou sua cabeça, projetando sua sombra no centro do salão de pedras. Depois, agachou ao seu lado, colocou a mão direita em seu ombro esquerdo e disse: — Então, eu meio que sabia que você não ia conseguir invocar nada hoje. Uma vez, minha avó me disse que esse poder só é conquistado com anos e anos de rituais específicos e com as orações certas. Só ela sabe como fazer isso, pelo jeito. Mas, pelas conversas que tive com a velha esses dias, ela não quer mexer com isso nunca mais, infelizmente!

Preguinho encarou o amigo com os olhos inundados de lágrimas e fez um sinal de positivo com a cabeça. Decepcionado, levantou-se com a ajuda do amigo, limpou o musgo dos joelhos e disse:

— Você tá certo, Simão! Foi só uma tentativa. Acho que não temos mais o que fazer por aqui. Vamos ver se a gente junta um dinheiro pra comprar outro tabuleiro...

— Puta que pariu! Desgraça do inferno! — O grito desesperado e desafinado de Jonas Bocudo interrompeu a conversa dos amigos. — Vem aqui logo! Os dois!

Preguinho e Simão correram imediatamente para um canto escuro do salão de pedras, onde Jonas Bocudo estava estático, com os olhos arregalados, mirando a lanterna do celular para uma enorme pilha de coroas de flores. Algumas delas novas em folha, outras muito apodrecidas. O garoto ruivo começou a puxar uma a uma e, como se esquecesse da promessa que fizera ao padre de não falar mais palavrões, continuou:

— Que merda é essa? Um monte de flores fedorentas de gente que já apodreceu e que tá mais fedorenta ainda? Olha a porra dos nomes! Só gente conhecida! Jurandir, aquele magrelo que vinha todo dia bêbado de bicicleta "barra forte" lá do Taquari. Dona Selma, aquela gordinha banguelinha, esposa do Amâncio do cartório. Olha essa! Que merda! A coroa de flores daquele safado do Gilson, que catava a mulher do Alemão da Taioba, lá na Vargem Alegre! Só lobatense figura! Puta que pariu! — concluiu, caindo na gargalhada e fazendo o primeiro sorriso do dia surgir na face molhada de lágrimas de Preguinho.

Simão, não se contendo de curiosidade, também puxou algumas coroas de flores para a luz dos celulares. As letras recortadas em papel alumínio dourado destacavam-se, reluzindo em meio às coroas. Foi então que Preguinho gritou, apontando para um local com o dedo indicador:

— Olha atrás daquela ali! Apontem a lanterna ali!

Os amigos obedeceram. Um buraco escavado na parede, medindo mais ou menos um metro e meio de altura por um metro de largura, surgiu à frente de todos. As coroas de flores pareciam ter sido depositadas ali justamente com a intenção de escondê-lo.

— Vamos entrar? A gente vai até onde der! — Preguinho foi taxativo.

Jonas Bocudo arregalou os olhos e fechou a cara, mas concordou na hora. Simão fez que sim com a cabeça, mas ponderou:

— Vamos! Mas, vamos fazer isso direito. Esse negócio de caverna é perigoso. Vocês não leram "Viagem ao centro da Terra"? Então! E tem outra! Esses dias eu vi um documentário no Youtube de gente que entrou numa caverna no Congo e desapareceu. Nunca mais acharam nem os ossos dos coitados — ele pensou um pouco e continuou: — Eu vou lá em casa pegar uns carretéis de "linha 10". Aí, a gente faz que nem o negócio lá do Minotauro. De amarrar a linha aqui e seguir ela na volta. Não quero me perder nesse lugar, não. Esperem aqui — concluiu o garoto, já correndo em direção à saída do "buraco do inferno".

Menos de cinco minutos depois, Simão voltou ofegante, tirou o primeiro carretel do bolso e amarrou uma das pontas da linha num dos chifres da estátua do diabo, no centro do salão de pedras.

— Pronto! Ah, e tem outra coisa! O ar é bem rarefeito nas cavernas! A gente vai até onde a gente conseguir respirar, *ok*? — advertiu ele, depois de dar o nó.

Depois de ouvir as orientações do "espeleólogo" de plantão, Preguinho foi na frente e entrou na caverna, segurando a ponta da linha. Quando a luz da lanterna do seu celular iluminou os primeiros metros além da cavidade da entrada, ele viu os detalhes das laterais de pedra e disse:

— Nossa, olha as paredes desse lugar. Parece que esse buraco foi escavado com alguma ferramenta feita com um metal bem forte.

— Ferramenta nada! Olha esses rasgos. Parece unhada de bicho. Mas bicho não tem unha de metal. Acho que foi o Wolverine que escavou essa porra — disse Jonas Bocudo, percorrendo os dedos da mão direita pelo interior de quatro buracos paralelos, de mais ou menos três centímetros de profundidade por um de largura, escavados acima de sua cabeça.

Enquanto caminhavam, perceberam que as "unhadas" estavam por todos os lados e em toda a extensão da caverna, dando a entender que aquela não era uma caverna esculpida pelas forças da natureza ou dos homens. Depois de poucos passos, os "Caçadores de Cuzaruins" ouviram estalos oriundos do chão onde pisavam. Todos pararam ao mesmo tempo. Simão foi o primeiro a dirigir a luz da lanterna para baixo.

— Olha só isso! Tem resto de osso pra tudo quanto é lado. — Seu celular iluminou algo avermelhado, viscoso e brilhante no canto direito do caminho.

— E não é só osso seco, não! Tem até alguns com pedaço de carne. Olha esse aqui. Parece um fêmur de vaca — ele agachou, posicionou a luz do celular acima dos ossos para ver melhor e falou: — Gente! Tem uma coisa que tá rodando na minha cabeça. Vocês lembram naquele dia em que viemos aqui com minha vó e eu perguntei pra ela se ela criava um bicho naquela jaula do salão das estátuas? Lembram que ela disse que tinha criado, mas que tinha vendido o animal? Será que ela mentiu pra gente e o bicho ainda mora por aqui?

— Pode ser! — respondeu Preguinho. — A impressão que dá é que esse bicho ainda mora aqui nesse buraco e se alimenta de restos dos ossos que sua vó dá! E aquelas caveiras das velas lá do salão principal? São de gente, né? Será que ela...

— Preguinho, você tá insinuando que minha vó tá dando carne de gente pro animal? — interrompeu Simão, com a voz firme. — Olha, minha vó pode ser louca, mas nem tanto!

— Eu não tô insinuando nada, Simão! Mas que a gente tem que descobrir de onde vieram aquelas caveiras, isso tem! — retrucou Preguinho, voltando a andar caverna adentro.

A caminhada escorregadia através do "buraco do inferno", entre pedaços de ossos frescos e secos, fezes de morcegos, umidade e paredes apertadas, já durava mais de quarenta minutos. Apesar do calor intenso e da extensão do local, o oxigênio ainda era suficiente. Os declives e aclives do caminho não eram radicais e isso minimizava as dificuldades da exploração. Como cada carretel de "linha 10" continha aproximadamente 500 metros e Preguinho já havia emendado cinco deles, Simão calculava que o grupo já havia percorrido aproximadamente dois quilômetros e meio por baixo da terra. Depois de mais quatrocentos metros e de mais um carretel emendado, num aclive um pouco mais acentuado, Jonas Bocudo gritou:

— Puta que pariu! Que porra é aquela? Olha uma luz lá!

Todos olharam caverna acima, para o exato local onde o moleque boca suja havia apontado. Preguinho ordenou que os amigos apagassem as lanternas dos celulares. Eles o obedeceram e um ponto de luz refletiu em suas retinas assustadas. Era uma luz clara como o dia e seus raios quebravam a escuridão da caverna de maneira gradual, sinalizando o que poderia ser o final da caverna. Os garotos voltaram a acender as luzes dos aparelhos e continuaram caminhando. Minutos depois, eles chegaram ao final do caminho. Era uma espécie de "parede" de mármore que continha, em seu centro, um grande orifício irregular de mais ou menos um metro de diâmetro. Preguinho chegou primeiro e, não segurando a curiosidade, tocou suas bordas com as pontas dos dedos. Era um tipo de mármore liso, muito preto e muito plano, como se tivesse sido cortado e polido com a precisão de uma máquina moderna. Era através daquele orifício irregular que a luz do dia entrava e iluminava o final do "buraco do inferno". Preguinho, mesmo sentindo medo, enfiou a cabeça através dele. Depois, passou um dos braços. Quando a luz do seu celular iluminou o outro lado, o garoto sentiu um calafrio percorrer suas espinhas e gritou:

— Meu Deus do céu! Vocês não vão acreditar!

— Diz aí! Que merda você tá vendo? — berrou Jonas Bocudo, logo atrás, quase subindo no ombro do amigo.

— Venham devagar, o bicho parece que tá dormindo! — respondeu Preguinho, girando a luz da lanterna do celular para baixo e para cima, no interior do que parecia ser uma câmara.

Diante dos olhos arregalados e das luzes trêmulas dos celulares dos três amigos, a cena completou-se. Era um local retangular de mais ou menos quatro metros de comprimento por três de largura. O cheiro de mofo e umidade, misturado ao cheiro forte de sangue e material orgânico apodrecido do local, fez os garotos levarem as mãos aos narizes. Em sua parede lateral direita, além de dezenas de baratas, escorpiões e teias de aranha, havia gavetas abertas com três caixões apodrecidos. Na parede lateral esquerda, existia apenas um caixão na gaveta inferior e duas gavetas vazias acima dela. Logo acima da última gaveta, destacava-se um outro buraco irregular de aproximadamente oitenta centímetros de diâmetro, por onde a luz do dia entrava sem pedir permissão. Em volta do orifício e em toda a lateral da gaveta superior, havia várias manchas do que parecia ser sangue coagulado. O centro da câmara, com seu piso feito de cimento cru e mal-acabado, estava também coberto de sangue coagulado e repleto de ossos humanos espalhados. Os garotos observaram tudo em silêncio, com o coração aos pulos e os celulares quase caindo das mãos. Foi então que Jonas Bocudo apontou sua luz e o dedo indicador para o contorno de algo que parecia respirar, logo abaixo de uma das gavetas vazias da lateral esquerda. Parecia um animal mergulhado em um sono profundo.

— Que merda é essa? — resmungou Jonas, com a saliva vazando entre os dentes separados.

Depois de quase um minuto de silêncio, Simão falou, sussurrando:

— Não queria contar pra vocês, mas acho que a gente tá dentro de um túmulo. E também acho que a gente tá debaixo do cemitério de Monteiro — o garoto trocou o celular de mão, iluminou a criatura adormecida e observou: — E esse bicho aí pode ser o Juninho, que minha vó disse que vendeu. Vou tentar tirar uma foto com *zoom* pra mostrar pra ela. Me ajudem a iluminar tudo. Vou fotografar. Me ajudem.

Preguinho ouviu as palavras do amigo, mas não queria acreditar. Correu a luz do celular pelos ossos humanos roídos entre o sangue e sentiu seu coração saltar pela boca quando ela incidiu sobre um relógio que conhecia muito bem. À luz de suas pupilas dilatadas e impressionadas, parecia ser o contorno de um G-Shock preto, igualzinho ao que seu pai usava. Ele pediu, quase sem fôlego, para o amigo fotografar tudo. Simão ligou o *flash* da câmera e tirou algumas fotos do animal que dormia. Depois, esticou o braço o mais que pôde através do buraco para tentar fotografar o relógio em detalhes. Com o movimento brusco, seu cotovelo esbarrou na parede de mármore preto. Um grande pedaço soltou-se, caiu de uma altura de mais de um metro e meio e estraçalhou-se entre os ossos e o sangue do chão. O barulho ecoou através da câmara. O animal adormecido acordou, virou o pescoço como se fosse uma serpente e olhou para a fonte do ruído. Seus olhos acenderam como dois pontos de solda avermelhados e encontraram os olhos assustados dos garotos. A criatura emitiu um barulho semelhante ao de uma águia e, levantando-se num jogo de corpo, ameaçou partir para cima deles. Jonas Bocudo foi o primeiro a correr. Deslizou ladeira abaixo, tropeçando e gritando pelo interior da caverna. Os amigos seguiram-no, largando para trás a linha que servia como guia. A bateria do celular de Jonas acabou, a lanterna apagou e ele ficou no escuro, gritando:

— Puta que pariu! Que porra! Ajuda eu aqui! Que merda!

— Calma, Bocudo! Estamos logo atrás de você — gritou Simão de volta.

— Acho que a gente tá perdido nessa porra! Que merda do caralho! — respondeu o ruivo.

— Não estamos, não! Na ida, eu reparei que essa caverna só tem um caminho! Ou alguém viu algum tipo de bifurcação? — perguntou Simão, sem parar de correr. Preguinho respondeu logo atrás, fazendo apenas um "não" com a cabeça.

Depois de alguns minutos de correria, gritos e poucas pausas para recuperar o ar, os três amigos passaram pelo salão das estátuas, no final do rolo de linha 10. Depois, ainda mais aliviados, saíram correndo através dos ramos do salgueiro chorão. Ofegante e elétrico, Simão parou, encostou em um barranco e pensou em ver as fotos que tirara, mas sua mão tremia tanto que resolveu deixar para depois. Jonas Bocudo sentou-se no chão úmido e jurou que nunca mais voltaria àquele lugar. Preguinho acomodou-se ao seu lado e começou a chorar, com a certeza de que aquele relógio que reluzia em meio ao sangue era o de seu pai.

Com o final da tarde já se aproximando, os garotos despediram-se sem saber que providências tomariam em seguida. "Era susto demais para uma merda de um dia só", disse Bocudo, em voz alta, encerrando a aventura na caverna. Depois, ele e Preguinho seguiram calados para as respectivas casas e Simão correu para a cabana da avó. Chegando lá, viu-a sentada no sofá da sala, de olhos fechados. Parecia cochilar. Ele se aproximou e chamou-a, cutucando seu ombro:

— Vó, quero que a senhora veja uma coisa.

— Ah, minino. Tava quase durmino.

— É rapidinho, vó! — respondeu Simão, enquanto mexia no celular com os dedos ágeis. — Olha essas fotos!

— Tá bão! Pega o meu ócro. Tá na mesinha do meu quarto.

Simão correu para o cômodo e voltou num vento só. Ele mesmo colocou os óculos fortes na frente dos olhos da avó, posicionou o celular diante de sua face enrugada e ouviu, sem esconder a cara de espanto:

— Meu santinho do céu! Essa criatura linda inda tá viva? Meu Juninho! Ah, que farta eu sinto dessa fofura. Que farta eu sinto do meu minino, minha Nossa Sinhora.

CAPÍTULO 17

A ÚLTIMA VIAGEM

" Bom dia, você que ouve a rádio cristã mais abençoada do Brasil. Bom domingo de Páscoa pra você e para toda a sua família. Que a paz do Nosso Senhor Jesus Cristo reine em sua casa no dia de hoje. São dez e meia da manhã. Tá na hora de colocar o frango no forno, dona Maria", berrou o alto falante do pequeno rádio depositado ao lado de meia garrafa de cachaça, em cima da mesinha de cabeceira de seu Dito Lobisomem. O velho coveiro acordou suado, com a voz do locutor socando seus tímpanos e seu coração. Puxou o ar para os pulmões, arregalou os olhos, sentou-se na cama, desligou o rádio e gritou:

— Meu senhor Deus do céu! Dez e meia, já?

Pulou da cama, tomou quase o restante da cachaça num gole e, sem escovar a dentadura, começou a colocar em prática o plano que atormentava sua cabeça há semanas. Vestiu-se rapidamente com a melhor roupa que possuía. Pegou quatro envelopes na gaveta do móvel ao lado da cama, contendo, cada um, dez comprimidos do tranquilizante Diazepam. Tirou um a um do plástico e jogou tudo em um pequeno moedor de alho feito de madeira. Triturou, como se tivesse raiva do que fazia, até virar um pó fino e branco. Trêmulo, colocou o resultado da experiência dentro de um vidro de remédio e guardou-o no bolso da calça. Em seguida, pegou sua mochila e guardou dentro dela dois sacos de lixo, a melhor faca que possuía, uma toalha, uma camisa, um macacão *jeans*, um par de cuecas e uma meia. Sentou-se no pequeno sofá da sala e ficou pensativo, com medo de esquecer algum detalhe. Foi quando seu celular tocou e a cara sorridente do padre Argemiro brilhou na tela.

— Seu Dito! Tudo bem com o senhor? Não esqueceu do combinado não, né? Já tem convidado chegando pro almoço. Não se esqueça de nada. Já tirei a *van* da garagem. Tá tudo pronto!

— Tá bom, padre! Não esqueci, não! Tomara que dê tudo certo. Que Jesus Cristo abençoe a nossa empreitada — foi tudo o que seu Dito conseguiu responder, com a voz ainda pastosa de sono, medo e cachaça.

Desligando o telefone com o dedo abobado, seu Dito olhou para um crucifixo na parede, benzeu-se e saiu de casa, pegando a rua em direção à casa paroquial. Chegando lá, logo no portão, encontrou-se com o primeiro dos onze "contemplados" para a "viagem" até Aparecida. Era seu Manoel Quinzinho, um velho conhecido do coveiro, que morava no bairro do Taquari.

— Bão dia, seu Dito! O sinhô é qui vai levá nóis pra Paricida, né? Que bão! O sinhô é um motorista bão. Falaro isso pra mim. Que Deus abençoe nossa viage! — disse o velhinho com um sorriso na boca banguela, enquanto acenava com a mão calejada e tentava ajeitar a coluna envergada por uma escoliose pronunciada.

Seu Dito apenas sorriu de leve e balançou a cabeça positivamente. Enquanto passava pelo velhinho, tentava imaginar o que aquela criatura meiga, doce e simples havia feito de tão ruim para merecer ser "contemplado" pelo padre para ir de "excursão" até Aparecida. O pensamento quase o fez chorar. Ele pensou em perguntar para o padre Argemiro, mas concluiu que não haveria tempo. Depois de tudo consumado, planejava saber dos detalhes das maldades dos onze canalhas, dos quais arrancaria os corações em oferenda a Jesus Cristo. "Se esse velho tá aqui, é porque boa pessoa não é", pensou, já se conformando e sentindo a raiva voltar com força ao seu coração.

Quando o coveiro entrou na casa paroquial e chegou à cozinha, viu o padre Argemiro todo sorridente, sentado na cadeira principal da grande mesa de bordas arredondadas, com uma taça de vinho na mão. À sua frente, uma farta refeição reluzia à luz clara da luminária de cristal fino. Frango assado, lombo de porco, torresmo, tutu de feijão, arroz, farofa, bolinho de arroz, e outras iguarias da culinária local fariam a festa dos paladares dos lobatenses "sortudos". Seu Dito arregalou os olhos diante da mesa e o padre antecipou-se, limpando a baba de vinho da boca com um guardanapo de pano:

— É uma última refeição, né, seu Dito! Apesar das maldades inacreditáveis que fizeram nessa vida, eles merecem comer bem antes de se encontrarem com Jesus Cristo pessoalmente! — O religioso tomou outro gole de vinho. — Vai, seu Dito! Não perde tempo, não! As quatro garrafas estão na despensa aí do lado e as onze taças estão aqui na mesa, prontinhas. Mãos à obra. Nosso Senhor está ansioso. — Depois de um sorriso, o padre concluiu, cantarolando com ironia: — "Andá cum fé eu vô, que a fé num costuma faiá!"

Antes que seu Dito pudesse responder alguma coisa, conversas animadas foram ouvidas do lado de fora da casa paroquial. Mais e mais lobatenses "sorteados" chegavam para a maior viagem de suas vidas. O padre estalou os dedos da mão direita e olhou com uma certa ansiedade para o coveiro. Seu Dito sacou o vidrinho com o pó branco do bolso e colocou o produto nas onze taças, em porções generosas e iguais. O religioso arregalou os olhos com um orgulho latente brilhando nas pupilas e bateu palmas silenciosas, enquanto seu Dito, sem esperar, abria as garrafas de vinho e servia as taças até quase transbordarem. Depois, pegou uma pequena colher de prata em cima da mesa e mexeu o líquido de todas as taças, para que as misturas ficassem imperceptíveis. O sacerdote levantou-se, pediu que seu Dito aguardasse ali mesmo e dirigiu-se até o portão. Para sua surpresa, todos os onze "sorteados" já estavam lá, vestidos com suas melhores roupas e usando seus melhores perfumes para se encontrarem com a "Mãe Aparecida". Padre Argemiro cumprimentou um a um e acenou para que todos entrassem para o almoço, "que já estava esfriando". Todos obedeceram e dirigiram-se até a cozinha. Boquiabertos com a visão culinária paradisíaca, cumprimentaram seu Dito e acomodaram-se à mesa, com as faces iluminadas pela comida farta e pela luminária cara. Esse luxo todo, aliás, era o estilo do padre Argemiro, um sacerdote não muito apegado a humildades. Enquanto os convidados sentavam-se e elogiavam a comida e a bondade do padre em organizar a excursão condenada, o velho coveiro, quieto e pensativo, não conseguia esconder a perplexidade. Saber a identidade daquelas pessoas fadadas a uma morte horrível tirou seu chão. Saber que o "destino imposto por Deus", como disse ao padre, quis que ele próprio desse um fim em cada uma delas tirou sua alma. Pensou em desistir. Pensou em tirar todas as taças de vinho da mesa e despejar todo o líquido na pia da cozinha. Respirou fundo. Assim que levou a mão à primeira taça, ergueu os olhos e viu uma imagem de Jesus Cristo impressa em um calendário, refletindo no espelho da despensa de pratos e talheres. Desistiu. "A vontade de Cristo é muito mais importante do que a minha", pensou, recolhendo a mão num impulso. Não havia volta. A sentença havia de ser cumprida.

— Irmãos abençoados! Podem se servir. O almoço de Páscoa foi preparado especialmente pra vocês — disse padre Argemiro, sem esconder a ansiedade e já apressando a refeição.

— Ah, seu padre! Que presentão de páscoa o senhor tá dando pra gente — falou dona Carmem, esposa do padeiro Alexandre, enquanto tirava a primeira coxa de frango com as unhas vermelhas e esmaltadas praticamente servindo de talheres. — Eu tava precisando ir pra Aparecida mesmo pra pagar uma promessa que fiz à nossa Mãe. E depois, quero comprar uma boneca pra Clarinha.

Seu Dito Lobisomem vasculhou a memória, mas também não conseguiu imaginar qual pecado haveria de arrastar aquela mulher de voz calma e gestos delicados para o fogo do inferno.

— Ah, i eu vô proveitá pra comprá uma image de Nossa Sinhora de mais de um metro de artura. Daquelas bem bunita, de manto azur e coroa brilhante de ôro e diamante. Depois, vô colocá na sala de casa, do lado do presépio di barro que minha falecida mãe me insinô a fazê. Daqueles presépio paricido com os que eu vendo nas fêra, sabe? — falou seu Benedito Costa, ou "seu Ditinho Santeiro", artesão que morava atrás da igreja do bairro do Souzas, enquanto beliscava uma uva passa da farofa.

"Que pecado tem esse homem, meu senhor? Que maldade?", pensou seu Dito Lobisomem, fitando o padre Argemiro com os olhos, como se quisesse perguntar isso a ele em voz alta.

— Eu tô ansiosa pra chegar lá também! Mas não é pra pagar nenhuma promessa. Eu vou é fazer uma — interrompeu dona Elza, professora aposentada da Escola Sonnewend. — Infelizmente, fiquei sabendo que minha bisnetinha Sara tem um problema de saúde muito... — A velha senhora de mais de oitenta anos caiu no choro e foi amparada por seu Manoel Quinzinho, que, de sorriso sem dente no rosto, passou a mão em seus cabelos brancos e falou:

— Fica ansim, não, dona Elza! As vontade de Deus são maior do que tudo. Sua bisnetinha vai miorá e a sinhora vai vivê muitos anos do lado dela ainda.

Percebendo a perplexidade e a tristeza na face enrugada de seu Dito Lobisomem, o padre Argemiro resolveu tentar animar o ambiente:

— Irmãos lobatenses, atenção! Muita atenção, meus queridos e amados amigos! — ele pegou uma taça de vinho e levantou-a um pouco acima da cabeça. — Quero que todos vocês, sem exceção, peguem uma das taças de vinho da mesa. Elas já estão servidas e transbordando do sangue sagrado de Nosso Senhor Jesus Cristo! Quero que todos brindemos à Sua ressurreição, que comemoramos nessa Páscoa!

— Padre, eu não posso beber álcool! Eu tomo remédio controlado — retrucou dona Elza, cabisbaixa.

— Dona Elza, esse vinho é fraquinho. Uma taça não fará mal à senhora e nem a ninguém aqui. E o vinho vai relaxar vocês para a viagem. Além de dar uma animada, claro. Nosso Senhor Jesus Cristo não transformou água em vinho numa festa em Canaã, na Galileia, à toa, né? — respondeu o padre, arrancando gargalhadas de todos e um sorriso amarelo da cara da idosa. Ela apenas sinalizou positivamente com a cabeça e o padre completou: — Todos, por favor, levantem as taças que eu vou fazer uma oração, abençoando este vinho e a viagem.

Depois de um "Pai Nosso" acelerado, o religioso ordenou com a voz firme para que todos virassem todo o líquido da taça goela abaixo. Os convidados riram, imaginando que o sacerdote estivesse brincando, mas o obedeceram, pois, como disse seu Dito Lobisomem depois, na *van*, "ordem de padre de cidade pequena é quase sempre uma sentença".

O coveiro continuou almoçando entre risos e gargalhadas, mas sua face continuava transtornada e pálida, como se não acreditasse no que estava acontecendo.

— Seu Dito! O sinhô num vai bebê, não? — indagou seu Ditinho Santeiro, enquanto servia-se de um segundo copo de vinho. — Esse vinho tá com um gostinho um poquinho amarguinho, mais tá bão dimais! Faiz tempo que eu num bebo um vinho tão bão!

— Não posso, seu Ditinho! Eu até gostaria, mas vou dirigindo, né? Bebe por mim! — respondeu seu Dito, revirando um pedaço da moela de frango na farofa.

Antes que os onze condenados pegassem no sono ali mesmo e socassem a cabeça na mesa do almoço, o padre Argemiro falou, já se levantando:

— Irmãos queridos! Hora de pegar a estrada. Nossa Senhora não pode esperar mais.

Todos concordaram. Outros, inclusive, aplaudiram a ordem do padre. Alguns, mais afoitos e esfomeados, encheram as bocas com comida e tomaram vinho por cima. Seu Dito Lobisomem levantou-se num impulso, pegou sua mochila e as chaves da *van* que estavam em cima da despensa de pratos e saiu em direção ao veículo. Padre Argemiro e os "sorteados" foram atrás dele.

Um a um, todos os onze lobatenses foram acomodando-se nas poltronas do veículo e recebendo tapinhas e bênçãos animadas do padre Argemiro. O coveiro ligou o rádio numa estação católica e uma música executada ao piano parecia o fundo musical perfeito para o sono eterno que ele esperava que atingisse em cheio seus passageiros. Assim que ele ligou o motor da *van*, escutou uma voz não identificada ecoar de um dos bancos de trás:

— Seu Dito! Quanto tempo dá daqui até Aparecida?

— Uma hora e meia, mais ou menos! — respondeu o coveiro, olhando para o retrovisor.

— Ah, então dá pra tirar um cochilo até lá, né?

— Dá, sim. Depois do almoço, sempre dá um soninho bom, né? Podem dormir tranquilos. Vai ser bom pra vocês. Vão chegar descansados na casa da Mãe Aparecida e vão aproveitar ao máximo — retrucou o coveiro, já pegando a estrada da Serra da Mantiqueira que liga Monteiro Lobato a Campos do Jordão. — Vou subir a serra, pegar a estrada até Santo Antônio do Pinhal, depois descer e cortar Pindamonhangaba por dentro, até chegarmos a Aparecida. Podem descansar, meus amigos! Vou bem devagarinho pra não dar solavancos — concluiu, girando o dial do rádio na tentativa de encontrar outra música suave, pois o *rock* católico acelerado que entrou logo após a música ao piano não faria bem ao sono dos lobatenses condenados.

A *van* pegou a estrada naquela tarde tranquila de sol forte. Já na chamada "reta da Vargem Alegre", seu Dito percebeu, olhando pelo retrovisor, que muitos dos seus passageiros já embarcavam num sono profundo. Apenas um homem de meia idade, apelidado maldosamente por alguns lobatenses de "Silas 'deixa que eu chuto'" por ser manco, conversava com a voz mole com a professora aposentada, dona Elza. A velha senhora o respondia apenas com alguns "sim" e "não" bem vagos, como se quisesse terminar a conversa ali mesmo e também cair no sono. Seu Dito diminuiu o volume do rádio e diminuiu a velocidade da *van*, minimizando os impactos dos buracos da estrada nas colunas desajeitadas dos passageiros.

Assim que o veículo passou pelo bairro de São Benedito, seu Dito Lobisomem benzeu-se olhando para a pequena igreja, localizada acima de uma escadaria. Depois de algumas curvas, a *van* começou a subir a serra. O velho coveiro suava frio e passava a mão na testa a cada dez segundos, sem conseguir esconder a ansiedade. Ele olhou para o retrovisor mais uma vez e, ressabiado, chamou por alguém que, porventura, estivesse acordado. Ninguém respondeu. Chamou de novo e nada. Como se algo o possuísse, acelerou a *van* serra acima. Queria terminar logo o "serviço santo", mas não sabia ainda como o faria. Pensou em entrar em uma das várias estradinhas de terra que cortam a mata e embrenhar a *van* num canto escondido qualquer, mas não sabia onde. Envolto em pensamentos desconexos, seu Dito acelerou ainda mais o veículo. Num pedaço mais reto da estrada cheia de curvas, sem perceber, chegou a passar dos 110 km/h. No final da reta, havia uma curva fechada e muito mal sinalizada à esquerda.

— Não! Não! Eu não quero! Eu não quero! Ainda não é a minha hora! — gritou alguém no fundo da *van*.

Seu Dito, com o coração socando as costelas por dentro – como se quisesse saltar do seu corpo –, olhou para o retrovisor e, em seguida, virou o pescoço para trás. Antes que voltasse os olhos para a estrada, perdeu o controle da *van* na curva, bateu em uma pequena cerca e o veículo despencou morro abaixo, batendo em alguns arbustos e capotando várias vezes. O velho coveiro não havia planejado, mas a falta de aviso para que os passageiros colocassem os cintos de segurança fora providencial naquele momento. Vários corpos debateram-se dentro da velha *van*, despedaçando-se como se fossem pedaços de carne dentro de um liquidificador superpotente. O único que lembrara de usar o cinto de segurança era o motorista. O veículo rodopiou várias vezes e parou de cabeça para baixo e completamente retorcido a cem metros abaixo da estrada principal, próximo a um córrego onde várias vacas bebiam água. Seu Dito era o único consciente do acidente. Com o corpo ainda preso entre o volante da *van* e o banco e respirando com dificuldade, sentiu um cheiro forte de gasolina e sangue queimar suas narinas. Levou a mão direita à fivela do cinto de segurança, apertou o botão vermelho e conseguiu soltar-se. Seu corpo pendeu para baixo e caiu com a força da gravidade. Gemendo, o velho se recompôs e levantou-se, apoiando seus pés no teto da *van*, entre cacos de vidros e muito sangue. Com o pé direito, conseguiu chutar e abrir a porta do passageiro, enquanto ouvia o desagradável e assustador ruído de pessoas agonizando. Saiu pela porta, saltou de cima da *van* para a terra e puxou sua mochila através do para-brisas quebrado. Pegou os sacos de lixo e a faca de dentro dela, largou tudo no chão e começou a arrastar os corpos dos lobatenses vivos e mortos para fora da *van*. Seu Dito sabia que não tinha tempo a perder. Com rapidez, conseguiu puxar dez dos onze corpos através das janelas retorcidas do automóvel, mas não sem mutilar alguns. O único corpo que não conseguiu puxar por estar preso entre dois bancos retorcidos foi o de seu Manoel Quinzinho. O cadáver do velho do Taquari estava de olhos abertos e boca escancarada, e sua coluna, já defeituosa de nascença, estava ainda mais torta entre os assentos. Seu Dito, assim que desistiu de puxá-lo, encarou-o e gritou um "Meu Deus!" que reverberou serra acima. Desanimado, largou o cadáver dentro da *van*, entre vidros, sangue e combustível. O rádio continuava ligado na estação católica e uma oração era rezada por uma voz embargada.

    Finalmente, seu Dito Lobisomem tomou fôlego e iniciou o que talvez fosse o trabalho mais duro e difícil de sua vida. Ajoelhou-se em frente ao primeiro cadáver, levantou a faca acima da cabeça e o golpeou na altura do estômago por várias vezes, como fizera com a professora Francisca e com o seu Gilmar, pai de Preguinho e Flautinha. Sentindo náuseas, enfiou a mão no buraco, arrancou o primeiro coração a unhadas e o jogou dentro do saco de lixo. Depois, levantou-se, andou alguns passos e ajoelhou-se em frente ao corpo de dona Elza, que ainda respirava com dificuldade. Cravou-lhe um golpe na altura da veia jugular, revirou a faca por dentro do seu pescoço e aguardou até que os pulmões da velha senhora parassem de movimentar sua blusa florida para baixo e para cima. Sentindo um jato forte de sangue encharcar seu rosto enrugado, arrancou o coração ainda pulsante da idosa e também o atirou sem cerimônias para dentro do saco de plástico preto. Fez a mesma coisa com todos os dez corpos, sendo que tivera, ele mesmo, que acabar com as vidas de dona Elza e de mais três lobatenses com facadas fatais no pescoço. Afinal, como queria Jesus Cristo, "os corações tinham que estar intactos". Quando estava ajoelhado diante do último corpo, sentiu um calor intenso percorrer a espinha. Virou os olhos em direção ao carro retorcido e só teve tempo de levar a mão ao rosto diante das grandes labaredas alaranjadas que o consumiam. Apesar do calor, seu Dito sentiu um calafrio gelar sua alma. Seu coração acelerou ainda mais quando ele lembrou que o corpo de seu Manoel Quinzinho ainda estava preso entre as ferragens. O velho coveiro levantou-se e correu em direção à *van* e, quando estava a poucos metros dela, sentiu o deslocamento de ar quente jogar seu corpo para trás e depois para baixo, contra chão. Faíscas do circuito do rádio ligado deram início ao incêndio e as chamas resultantes atingiram o tanque de combustível, causando uma grande explosão. Enquanto as pupilas do coveiro, diminuídas e cegas pela claridade emitida pelas chamas, voltavam lentamente ao normal, suas narinas eram atacadas pelo característico odor de carne humana queimada. Seu Dito Lobisomem, ainda jogado no chão de terra batida, levou as duas mãos ao rosto e chorou de desgosto. Levantou-se com dificuldade. Zonzo e com a vista ainda comprometida, andou em direção ao saco de lixo, que continha, até aquele momento, dez dos treze corações intactos prometidos à imagem de Jesus Cristo. Somados aos dois que já estavam em seu congelador, eram doze. O coração de seu Manoel Quinzinho já virara cinzas na frente dos seus olhos semicegos e ainda incrédulos e decepcionados.

Seu Dito agarrou o saco pesado contendo os órgãos musculares humanos, espantou algumas vacas que se aproximavam da cena do crime e lavou o sangue que havia no exterior do pacote nas águas limpas do ribeirão. Olhou ao redor para confirmar se não havia ninguém observando, tirou toda a sua roupa encharcada de sangue e jogou-a dentro do outro saco de lixo que levara. Colocou uma grande pedra junto com as roupas, deu um nó nas pontas do saco preto e lançou-o ao rio. O pacote afundou imediatamente. O coveiro banhou-se nas águas do ribeirão com um pequeno sabonete de motel que levara, secou seu corpo com uma toalha e vestiu-se com roupas limpas e secas. Depois, jogou o saco de lixo nas costas e fez um "Em nome do Pai" diante da *van* em chamas. Subiu o barranco com dificuldade e pegou a estrada a pé, retornando em direção a Monteiro Lobato. Pegar carona não era uma alternativa. O medo de que o saco despertasse suspeitas era grande.

CAPÍTULO

18

DOMINGO DE PÁSCOA, A RESSURREIÇÃO

A tarde daquele fatídico domingo de Páscoa prenunciava uma tempestade. Depois do sol torrar mamonas, derreter e colar chicletes no asfalto, nuvens negras pairavam sobre a cúpula da igreja matriz de Monteiro Lobato. No cemitério, ansiosos e agitados, estavam os "Caçadores de Cuzaruins", Simão, Preguinho e Jonas Bocudo. Simão estava pensativo, tentando ler as letras apagadas de um nome num túmulo de azulejos azuis. Preguinho, também quieto, estava sentado num dos degraus da base cruz central da imagem de Jesus Cristo. Jonas Bocudo, que, em desobediência ao padre Argemiro, voltara a falar os palavrões de sempre, andava de um lado a outro e gesticulava com as mãos, como se fosse um italiano clichê de filmes de máfia.

— Puta que pariu, mano! Preguinho, será que esse sonho que você teve foi real mesmo? O Flautinha não marcou horário com você, não? Que merda! Olha, eu tenho muita saudade dele, mas essa ele me paga, um dia! — disse o ruivo em voz alta, socando a mão direita fechada na palma da mão esquerda.

— Não! Não foi ele que me disse isso no sonho, Jonas. Foi o meu avô. Mas o velho não falou em horário nenhum, não! Bom, eu avisei minha mãe que ia dormir na casa do Simão, então, pretendo ficar aqui até meia-noite, mais ou menos. Se ele disse que o negócio ia acontecer no dia da Páscoa, até meia-noite é Páscoa, né? — respondeu Preguinho, de cotovelos no joelho, olhando as nuvens amontoando-se no céu.

— Pessoal, é o seguinte — interrompeu Simão, com os olhos arregalados, como se pensasse em algo genial. — Já que a gente tá aqui, o que vocês acham de procurarmos o túmulo que a gente viu por baixo, no final do "buraco do inferno"? Acho que talvez a gente ache, sei lá! Vai ser difícil, mas não custa tentar!

Todos concordaram. Cada um pegou rumo numa direção do cemitério. Simão caminhou pela lateral esquerda de quem sobe, Jonas pela direita e Preguinho observava todos os túmulos da zona central.

— Que cor era mesmo essa merda de túmulo? — gritou Jonas Bocudo de longe, enquanto se espreitava entre árvores e túmulos de famílias mais abastadas.

— Olha, tava muito escuro, não deu pra ver direito, mas parecia ser preto. Ou verde-escuro, sei lá — respondeu Preguinho, também aos berros.

— Tem um túmulo grande de mármore preto perto da entrada, à direita de quem sobe. Vou dar uma olhada lá.

Preguinho caminhou um pouco mais e avistou o grande túmulo negro atrás de alguns arbustos. Virou em uma viela apertada de sepulturas velhas, foi em direção a ele e sentiu algo mexer com a energia do seu corpo. Parou na frente do jazigo e estranhou ao olhar para baixo e ver o chão de terra revirado.

— É esse aqui. Só pode ser — apontou ele, enquanto levava a mão esquerda à testa, que se esvaía em suor frio. — Nossa! Parece que minha pressão baixou. Vou me sentar um pouco — concluiu, já dobrando os joelhos e encostando no mármore gelado.

Jonas Bocudo e Simão apressaram o passo em direção ao amigo.

— Ah, então é essa merda aqui que a gente viu por baixo? Mas será que é mesmo? Como você sabe que é, Preguinho? — inquiriu Jonas, observando os detalhes do túmulo.

— Calma, Bocudo! Se for, ele tem que ter aquela parte quebrada, por onde dava pra ver a luz do dia, lembram? — disse Simão, já se pondo a andar em volta do grande e imponente jazigo. — Aqui! Pronto! Esse aqui tem um buraco também, mas isso ainda não prova nada! Nossa, e é um buracão! Cabe um bezerro inteiro aqui. Olha só o tamanho disso — o garoto levou a mão até o orifício.

— Não, Simão! Você é maluco, mano? Não enfia a mão aí, não! — advertiu Preguinho, aos berros, já se levantando. — Você não se lembra da história do professor Carlos, lá da Pedra Branca? Aquele professor que tava caçando tatu à noite e o cachorro começou a latir na boca de um buraco? O coitado enfiou a mão, uma cascavel mordeu ele e ele ficou um mês em coma. Você é louco! Tira essa mão daí, logo! Acho melhor iluminar com a lanterna antes de...

Um ruído forte de portão batendo cortou a frase de Preguinho ao meio. Um vulto entrou pelo principal acesso do cemitério e empurrou as grades de metal com força, fazendo com que se fechassem no contragolpe e produzissem o barulho. Já eram mais de cinco e meia da tarde e o lusco-fusco característico do horário atrapalhava a visão dos meninos, do local onde estavam. O vulto ainda não identificado carregava um saco preto nas costas e duas ripas de tamanhos diferentes na mão direita. Ele caminhou até uma caixa de luz fixada em um dos postes laterais da entrada, abriu-a e, depois de um clarão típico de um arco elétrico, todas as luzes da pista central do cemitério acenderam. Assim que a figura sombria passou por baixo de uma das luzes dos postes, Jonas Bocudo sussurrou:

— Puta que pariu, que porra! É aquele maluco do seu Dito Lobisomem. Não sei, não, mas tão dizendo na cidade que foi ele que matou a professora Francisca.

Um instante de silêncio de velório pairou, como se todos brincassem de "estátua", competindo com as imagens de santos e anjos do cemitério. Tomado por um pouco mais de coragem que seus companheiros, Simão cortou o clima e sussurrou:

— Pois é, Jonas! Você lembra daquele lance da tábua de *Ouija*, no dia em que entramos em contato com ela, debaixo da ponte do Leopoldo? Ela disse que a gente conhecia o assassino.

— Bom, mas ninguém tem provas, né? Vamos ficar na nossa, por enquanto. Fiquem quietos e abaixados. Talvez ele vá embora rápido. Esse homem me parece perigoso! Tem muita gente que não gosta dele em Monteiro! — retrucou Preguinho, observando o caminhar lento e pausado do coveiro em direção à cruz principal.

Seu Dito Lobisomem parou em frente à cruz, jogou o saco e as ripas de madeira no chão, tirou o chapéu suado e começou a fazer uma oração incompreensível em voz alta. Depois que terminou de rezar, tirou alguns pregos grandes e um martelo de um dos bolsos do macacão e pregou as tábuas, formando uma cruz de mais ou menos um metro de altura por sessenta centímetros de largura. Em seguida, desatou os dois nós da boca do saco preto e tirou o primeiro coração de dentro.

— Meu Deus! Que merda é essa? — sussurrou Simão, que raramente falava palavrão. Bocudo olhou para ele e não conseguiu segurar a risada.

— Bocudo, cala a boca! — advertiu Preguinho. O amigo fechou a cara.
— Meu! Aquilo na mão dele parece um coração. Será que é de boi? — Simão e Bocudo fizeram boca torta de "não sei". — Bom, vamos continuar quietos aqui. Vai ser arriscado se ele perceber a gente olhando ele fazer o que tá fazendo. Vai, Jonas, abaixa mais aí, caraio!

O coveiro levantou o primeiro coração no ar com as mãos trêmulas e ensanguentadas. Como se fosse o ritual da hóstia católica realizado nas missas, o velho apontou o músculo em direção à estátua crucificada e rezou mais uma vez, com a voz tornando-se cada vez mais impostada e tensa. Depois, tirou mais um prego grande do bolso e pregou o órgão na cabeça da cruz, dando marteladas fortes e precisas. Assim que terminou, pegou outro prego, enfiou a mão novamente no saco preto, tirou outro coração, ofereceu-o a Jesus e também o fincou na cruz, numa sequência de cima para baixo. E assim continuou o coveiro até que a cruz fosse preenchida com doze corações pregados. Seis na madeira vertical e seis na horizontal. Só deixou espaço para mais um, o décimo terceiro, bem no centro.

— Caralho! Haja boi pra tanto coração! — resmungou Jonas Bocudo. — Tomara mesmo que seja só coração de...

— Me perdoe, meu Senhor Jesus! Me perdoe, por favor! — gritou seu Dito Lobisomem, ajoelhado perante a imagem do jovem crucificado. Começou a chorar compulsivamente e interrompeu as palavras de Jonas Bocudo, mesmo sem se dar conta disso. Depois, levantou a cruz cravejada de corações ensanguentados em direção à estátua do "Filho de Deus". Sentindo o resto do sangue dos corações escorrendo pelos braços, lamentou-se como um condenado que assume a culpa por um crime terrível.
— Me desculpe por eu não conseguir concluir o que prometi ao Senhor! Eu não sou digno de mais nada nessa vida. Não sou digno de entrar em Sua morada e nem na de Vosso Pai! — continuou, de lágrimas nos olhos, enquanto enfiava a mão por dentro do peitoral do macacão. O velho coveiro sacou de um dos bolsos internos um revólver calibre 38 que trouxe-

ra de casa. Era o revólver que pertencera a seu pai, que trabalhara muitos anos como segurança de uma agência bancária de São Bento do Sapucaí. Chorando como um bebê, colocou uma bala dentro do tambor da arma e o girou. Apontou o revólver para a cabeça, fitando os olhos fechados da estátua de Jesus Cristo.

— Meu senhor! Esse velho enlouqueceu de vez. Eu tô viajando ou ele tá com um revólver apontado pra cabeça? — disse Simão, com a voz hesitante, mas apertando os olhos de curiosidade.

— É a merda de um *treisoitão*, sim! Meu pai tinha um! — respondeu Jonas Bocudo — Caralho! Acho que o velho vai se matar!

— Jesus, meu Senhor! Fala comigo. Quero ouvir suas palavras antes de fazer o que vim fazer. Tenho certeza de que não vou me arrepender nem um pouco disso — berrou o coveiro, respirando como um boi envenenado, de olhos fechados e com o cano do velho revólver roçando o ouvido direito. — Eu não posso continuar vivo sem pagar a promessa que fiz para o Senhor e para o Seu Pai! Fala comigo, por favor! — gritou ainda mais alto, socando a base da cruz com força no chão. — Fala, porra! — depois do palavrão – que ecoou nos morros ao redor do cemitério –, seu Dito Lobisomem respirou fundo por três vezes, fechou os olhos e apertou o gatilho. Só ouviu um "tlec" abafado. Puxou mais ar para os velhos pulmões esburacados e apertou o gatilho de novo. Nada. Outro "tlec" ecoou na outra câmara vazia. Sentindo que não tinha força no dedo para apertar o gatilho mais uma vez, largou o revólver na base da cruz. Ainda ajoelhado, caiu de cotovelos no chão, entre velas acesas. Levou as duas mãos sujas do sangue dos lobatenses mortos ao rosto e emudeceu. Parecia sentir toda a vergonha do mundo possuir sua alma, assim como o álcool possuía seu corpo diariamente. De repente, como se atingido por uma ideia brilhante, tirou as mãos do rosto, abriu os olhos, levantou-se e correu em direção ao túmulo negro.

— Puta que pariu! O velho maluco tá vindo pra cá — resmungou Jonas Bocudo, olhando para os amigos. — Corre um pra cada lado!

Os amigos nem esperaram Jonas terminar de falar e cada um pegou um rumo diferente. Bocudo correu para cima, onde ficam os túmulos de terra batida, geralmente reservados aos lobatenses mais pobres. Simão despencou ladeira abaixo, escondendo-se entre as árvores, e Preguinho pegou as vielas mais apertadas dos túmulos altos e imponentes, erguidos pelas famílias mais ricas da cidade.

— Quem tá aí? — gritou seu Dito Lobisomem, após ouvir o barulho dos garotos correndo e derrubando cruzes, estátuas, vasos de flores e velas. Ele parou, girou a cabeça para todos lados e continuou aos berros. — Quem tá aí? Ah, se eu pego esses filhas da puta que ficam...

O velho parou de praguejar quando viu o vulto esguio de Preguinho correndo e abaixando-se entre alguns túmulos à sua frente. O coveiro experiente, que conhecia o cemitério da cidade como a palma de sua mão dilacerada, pegou um outro caminho estreito e cheio de árvores, por trás de onde estava o menino. Foi então que o viu, trêmulo e de olhos fechados, agachado atrás de um túmulo antigo e esverdeado de tanto musgo. Andou devagar por trás da sepultura e aproximou-se do garoto assustado. Num impulso ágil de jovem que já não era, seu Dito Lobisomem pulou, deu uma gravata em Preguinho com o braço direito e tapou sua boca com a mão esquerda. Sem pestanejar, arrastou o garoto na direção do túmulo onde morava sua criatura preferida. O menino debatia-se, paralisado e desesperado pela falta de ar. Ele arranhava o braço do coveiro com as unhas das duas mãos e com toda a força que possuía, mas o velho parecia nem sentir. Foi então que o coveiro ajoelhou-se e obrigou o garoto a fazer o mesmo perto de uma das laterais do túmulo negro. Passou o braço esquerdo em torno do pescoço de Preguinho e, decidido, enfiou sua mão direita viciada dentro do orifício irregular. Não demorou nem dez segundos para que o homem sentisse suas pupilas dilatando e suas veias saltando das têmporas como se fossem bolhas de leite fervente prestes a explodir. Preguinho, com os olhos arregalados e a cara arroxeada pela falta de ar, olhava horrorizado o braço do coveiro debatendo-se contra as paredes cortantes do túmulo. Era como se o membro estivesse sem ossos e lutasse contra uma enorme serpente que tivesse a intenção de arrastá-lo para sua moradia. A pele do coveiro dilacerava-se em contato com o mármore quebrado e seu sangue grosso espirrava no rosto de Preguinho, formando pequenos veios vermelhos em suas bochechas suadas. Seu Dito expirava um tipo de fumaça pela boca, como se fosse um trem a vapor movido pelas chamas do inferno. Suava como se estivesse trabalhando numa fundição de aço em pleno verão. Foi então que ele abriu os olhos e sorriu, como se a luz do inferno acendesse em seu cérebro já carcomido pelo álcool e pelo veneno da criatura. Ele puxou o braço com toda a sua força para fora do orifício, levantou-se como um ginasta e arrastou Preguinho, já quase inconsciente, por entre as vielas de sepulturas. Ao aproximar-se do crucifixo central, o coveiro pegou a arma, que estava jogada ao lado da cruz cravejada de corações humanos. Rindo, colocou seu cano de aço na cabeça de Preguinho, atrás da orelha direita. Assim que sentiu o aço gelado encostar em sua pele, o garoto começou a chorar.

— Solta ele! — gritou Jonas Bocudo, de longe, com medo de aproximar-se do velho armado e ensandecido. Ele pegou uma pedra e atirou em direção ao coveiro.

Seu Dito Lobisomem nem ouviu o seu apelo e nem viu a pedra ricocheteando numa estátua de anjo de um túmulo próximo. Com um sorriso iluminado na dentadura e um tipo de fogo saltando dos olhos, o homem encarou a imagem de Jesus Cristo e disse:

— Senhor, meu mestre! Já tenho como cumprir minha promessa. Eu tenho certeza que esse menino tem um coração maldoso. E é o último coração que falta — o velho fez um "Em nome do Pai", depois continuou: — Esse moleque judiava muito do irmãozinho que já morreu. O próprio padre Argemiro me disse isso. — Seu Dito esperou por algum sinal de resposta da imagem e nada. — Me responde, mestre, por favor! — A impaciência voltou a tomar conta da alma do coveiro e ele resolveu tomar uma atitude drástica. Apertou o gatilho e a arma disparou contra a cabeça de Preguinho. Outro "tlec" reverberou dentro de mais uma câmara vazia do tambor do revólver.

Ainda se livrando da vergonha que sentira na tentativa fracassada de assassinato, seu Dito viu um relâmpago vermelho cortar o céu acima de sua cabeça, entre os galhos de uma enorme árvore sibipiruna. Segundos depois, ouviu o ribombar de um trovão que fez tremer os vasos em cima de algumas sepulturas. Em profundo desespero, ouviu um ruído familiar que crescia em sua direção. Olhou para a parte de cima do cemitério, coçou os olhos e viu o prenúncio de uma tragédia conhecida. Um *tsunami* de sangue rolava ladeira abaixo, levando em sua correnteza todo o entulho do cemitério que encontrava pela frente. Boiando acima dela, milhares de ratos embebidos em sangue emitiam guinchos desesperados, como se quisessem se salvar do afogamento iminente. O coveiro, ainda segurando Preguinho pelo pescoço, pegou a cruz de corações no chão, agarrou-se como pôde à base do crucifixo principal e aguardou o impacto das ondas vermelhas. Antes que as ondas explodissem em seu peito e arrastassem-no como um entulho humano para o inferno, sentiu a madeira do crucifixo principal esquentar gradativamente. Preguinho, sem conseguir fugir, encarava-o, tentando imaginar o que se passava naquela cabeça atormentada. O velho fechou os olhos e começou a afogar-se e a apodrecer nos próprios pensamentos.

— Senhor Jesus! Me salve mais uma vez. É a última coisa que peço ao Senhor! — gritou, entre as inúteis tentativas de respirar, engolindo o sangue imaginário onde, agora, os ratos nadavam, as baratas boiavam e dezenas de cascavéis serpenteavam.

Com uma fonte de ignição provinda do inferno mental que possuía o cérebro e o corpo de seu Dito Lobisomem, a enorme cruz principal de madeira começou a pegar fogo em sua base, próximo às velas pretas, brancas e vermelhas que não se apagavam nem em dias de chuva. Nem a grande correnteza de sangue, cadáveres, dejetos tumulares e animais peçonhentos era capaz de extinguir as línguas de fogo avermelhadas e bruxuleantes que já atingiam tanto a base da cruz quanto o braço dilacerado do coveiro condenado. O velho urrava de dor e desespero, como uma bruxa sendo consumida aos poucos pelas chamas da ignorância da Santa Inquisição Católica em séculos passados. Ainda agarrado à cruz e com o braço esquerdo em torno do pescoço de Preguinho, seu Dito parecia perder as forças. Seus olhos acompanharam as chamas que subiam como serpentes de fogo, enrolando-se pelos pés, joelhos, até atingirem a cintura, o tórax, os braços e, por fim, a cabeça e os cabelos da estátua de Jesus Cristo. Quando a cruz virou um objeto semelhante às cruzes incendiadas por integrantes racistas da Klu Klux Klan, o velho gritou:

— Senhor! Senhor! Por quê me abandonaste?

Os olhos da estátua abriram-se e romperam a fumaça e as chamas como se fossem dois faróis de carro.

— Quem ousa dizer as mesmas palavras que eu disse em meu calvário? — gritou a imagem de Jesus Cristo, com a voz grave e pausada.

Preguinho, assustado como um animal indefeso entre os braços fortes do velho coveiro, olhava para todos os lados, para cima e para baixo, mas não conseguia imaginar o que teria feito a expressão de seu Dito entrar em uma espécie de mistura bizarra de colapso, transe e desespero.

— Senhor, essa não foi a intenção! Não me deixe morrer queimado, por favor! — respondeu o velho, enquanto as chamas alcançavam seus ombros, queimavam sua roupa e descamavam sua pele.

— O senhor terá o destino que merece! Ninguém foge a isso! — retrucou a estátua, com os olhos cada vez maiores e mais brilhantes.

Seu Dito Lobisomem, trêmulo e encarando a imagem, imaginou ter visto dois pentagramas invertidos reluzindo na cor vermelha em suas pupilas dilatadas. Ao mesmo tempo em que sentia seu corpo boiando e afogando-se no sangue junto com ratos, baratas, cascavéis e véus de caixões, urrava de dor com as chamas consumindo sua pele, sua carne e seus ossos. Agonizava e gemia como se estivesse preso dentro de um "Touro de Bronze", um instrumento de tortura da antiguidade no qual pessoas eram assadas vivas no interior de um objeto de metal moldado com o formato do animal. Horrorizado, o coveiro observou uma fila de corpos passando ao seu lado, levados pela crescente enxurrada de sangue. Eram cadáveres em vários estágios de decomposição e todos, sem exceção, boiavam sobre as ondas, com as mãos juntas na altura do peito, na mesma posição em que foram sepultados. Seu Dito Lobisomem arregalou os olhos, gritou e levou a mão direita já carbonizada ao rosto ao ver o corpo do próprio pai boiando, de barriga para cima e absolutamente intacto, sem as marcas do incêndio que consumira seu corpo. O velho pai do coveiro estava de olhos abertos e ostentava um sorriso cínico no rosto. A fila de cadáveres continuou passando, como se fosse um desfile mórbido ensaiado de propósito para atormentar a alma do homem responsável pelos enterros dos lobatenses. Todos eles também estavam de olhos arregalados e envergavam sorrisos sarcásticos nos rostos maquiados com pó de arroz da eternidade. De repente, seu Dito viu passar o cadáver da professora Francisca. Depois, o de seu Gilmar. Na sequência, vieram boiando os corpos de Manoel Quinzinho, de dona Elza, do seu Ditinho Santeiro e de todas as pessoas que tiveram um fim trágico no episódio da *van*, na serra da Mantiqueira. Sentindo seu corpo já completamente envolto pelas chamas e o estômago revirando com o cheiro dos seus próprios ossos carbonizados, o velho coveiro levou o cano da arma à própria cabeça e apertou o gatilho com o último resquício de energia que possuía. Preguinho, quase inconsciente ao seu lado e ainda sem entender as alucinações do coveiro, ouviu outro "tlec" ecoar. Como se uma última tábua de salvação descesse das nuvens calmas do céu ou emergisse dos vulcões turbulentos do inferno, uma voz familiar reverberou por trás deles:

— Seu Dito!

O velho olhou para trás para ver quem lhe dirigia a palavra com tanta arrogância e prepotência na voz. Perplexo, percebeu que, como por milagre, a inundação havia desaparecido e levado consigo os animais, os dejetos dos túmulos e os cadáveres que o atormentavam. Voltou seus olhos para a estátua de Jesus Cristo e gargalhou ao ver que ela estava como sempre fora, iluminada naquele horário apenas pelas velas e pelas lâmpadas pálidas dos postes próximos. Depois, olhou para os membros do seu corpo e sentiu-se aliviado ao perceber que ele continuava intacto, sem as marcas da fogueira da inquisição que o havia consumido minutos antes.

Enquanto tentava entender o que acontecia ao seu redor e recompor-se do susto, Preguinho sentiu o braço do velho afrouxar em torno do seu pescoço. O garoto respirou fundo, conseguiu soltar-se num puxão, levantou-se patinando entre a cera quente das velas e conseguiu correr pelo cemitério, ladeira acima.

— Moleque filha da puta! — gritou o coveiro, apontando a arma para as costas de Preguinho e apertando o gatilho em seguida. Nada. Outro "tlec". O velho já havia disparado cinco vezes e a única bala que havia na arma do pai ainda permanecia intacta dentro do tambor.

— Seu Dito, olha pra mim!

O coveiro olhou para trás e sentiu uma espécie de choque elétrico percorrer suas veias quando viu o padre Argemiro, todo sorridente, dirigindo-lhe a palavra. Ele agarrou o crucifixo abarrotado de corações "intactos" e disse:

— Padre, me ajuda! Só falta um coração. E eu não tenho mais tempo. Já senti até meu corpo queimando no fogo do inferno. Eu sei que o senhor acredita em mim. Por favor!

— Pois é, seu Dito! Só falta uma merda de um coração de um canalha pra completar as figurinhas do seu álbum santo, não é? — retrucou o padre, caminhando devagar em direção ao coveiro, estampando no rosto um sorriso ainda mais irônico do que o dos cadáveres da enxurrada. — E o senhor se encaixa nesse perfil de canalha e de filha da puta, não se encaixa? O senhor não deu fim à vida do seu próprio pai? Cometeu esse pecado mortal e ainda quer ser salvo? Como assim?

— Como o senhor sabe disso? Nunca contei essa merda pra ninguém! — gritou o coveiro de volta.

O sacerdote gargalhou.

— Seu Dito, não seja ingênuo! Eu sei de tudo nessa vida e nas vidas passadas. Mais do que o senhor imagina. Mais do que qualquer lobatense imagina. Mais do que qualquer brasileiro imagina. Mais do que qualquer ser humano imagina. — O pároco gargalhou novamente, esfregou as mãos e ordenou: — Me entregue seu coração agora! Jesus não pode esperar — concluiu, esticando a mão direita, com o dedo indicador apontado para o peito do coveiro.

— Se afasta, padre, senão eu atiro! — seu Dito gritou já com a arma engatilhada e apontada para a testa do padre, que estava a menos de seis metros de distância.

— Mete uma bala aqui! — retrucou o sacerdote, apontando o dedo médio em riste para o centro da própria testa.

Seu Dito Lobisomem apertou o gatilho. A bala atingiu o meio da testa do padre, fazendo um pequeno orifício na frente e explodindo a nuca por trás. O pároco parou, cambaleou, mas continuou em pé. Deu mais um passo em direção ao coveiro e disse, com o sorriso farto:

— Seu Dito, seu Dito! Como o senhor é ingênuo. Olha pra cruz.

O coveiro, desnorteado, obedeceu. Deu as costas para o padre e encarou a cruz. Só havia o instrumento de tortura. A estátua de Cristo havia desaparecido.

— Seu Dito, olha pra mim agora! — A voz do padre voltara aos tons calmos e pacíficos.

O coveiro olhou para o padre. No lugar do religioso, a imagem dilacerada do "Filho de Deus" caminhava em sua direção, trôpega como um morto vivo e sangrando em profusão. Acima de sua cabeça coroada com espinhos, sobrevoavam morcegos e, em torno dos seus pés, ratos andavam em círculos. Relâmpagos vermelhos iluminaram e expuseram ainda mais sua face cadavérica. Seu Dito apontou o revólver para ele e disparou várias vezes, mas sua única bala já havia sido desperdiçada.

— Seu Dito, não seja burro! Eu nunca poderia imaginar que o senhor poderia ser tão estúpido. Eu não morro. Além disso, posso adaptar minha energia às imagens do que ou de quem eu quiser — gritou a estátua, enquanto sua face emulava novamente a cara conhecida de padre Argemiro por alguns segundos. Em seguida, as feições atormentadas do Jesus Cristo crucificado retornaram.

O coveiro deu dois passos para trás, tropeçou no primeiro degrau da base da cruz principal do cemitério e caiu de costas, chamuscando seus cabelos no fogo das velas acesas. Ainda com a cruz dos doze corações nas mãos, apontou-a contra a imagem de Jesus e, como se tentasse espantar um vampiro, gritou:

— Você não é Jesus, padre! Minha promessa não foi pra você. Eu dei cabo de doze pessoas terríveis e cheias de pecado e isso ninguém pode tirar de mim. Eu eliminei doze demônios da face da Terra, em nome de Nosso Senhor Jesus Cristo!

A imagem torturada de Jesus, enquanto gargalhava, transformou-se de novo na de padre Argemiro. O sacerdote aproximou-se ainda mais do coveiro, segurou as risadas entre os dentes e respondeu:

— Seu Dito! Fala uma coisa pra mim. O senhor acha mesmo que dona Francisca traía o marido? Acha mesmo que o seu Gilmar batia nos filhos? Que o seu Manoel Quinzinho, a professora Elza, o seu Ditinho Santeiro e todas aquelas pessoas que "sorteei" tinham algum mal contido naquelas almas? Eu inventei tudo aquilo, seu idiota! Seu burro! O senhor deu cabo das melhores pessoas que existiam em Monteiro Lobato! Sou muito grato por isso! — concluiu a imagem, enquanto uma chama avermelhada envolvia todo o seu corpo devagar, de baixo para cima.

Seu Dito Lobisomem levou a mão direita à boca, arregalou ainda mais as pupilas avermelhadas e respirou a fumaça negra da imagem em chamas que agora pairava à sua frente, levitando aos comandos de uma força invisível. Seus olhos não acreditavam no que viam e seus ouvidos recusavam-se a levar as informações conflitantes ao cérebro, que, àquela altura, estava completamente entorpecido pelo veneno da criatura que viciara sua mão e seu espírito. Ele apenas fechou os olhos, rezou e aguardou o inevitável. Depois de alguns segundos, sentiu o impacto de uma mão forte arrebentando os ossos do seu peito, agarrando seu coração e arrancando-o. Era como se alguém sacasse um caroço de uma fruta do conde num único puxão. O velho coveiro revirou os olhos arregalados. A última cena que viu na vida foi a de um Jesus Cristo pegando fogo e sorrindo. Seu coração negro ainda pulsava entre os dedos molhados de sangue da imagem. Depois, seu Dito perdeu os sentidos, cambaleou e desabou morto no chão, entre as velas caídas e sangue em chamas. O fogo da imagem extinguiu-se num sopro e o padre Argemiro voltou a surgir no meio da fumaça. Ele deu alguns passos, parou ao lado do cadáver de seu Dito Lobisomem, rezou e fez um "Em nome do Pai" entre risos irônicos, como se encomendasse a alma do coveiro para o céu e a condenasse aos quintos dos infernos, tudo ao mesmo tempo. Em seguida, agachou-se, pegou um prego e o martelo entre o sangue e fixou o único coração maldito no centro da cruz repleta de corações intactos e puros. O coração do velho coveiro era, também, o único da cor preta, como se carregasse em suas entranhas a cor do túmulo de mármore onde todo o seu calvário teve início. Em seguida, o pároco pegou a cruz pela base, levantou-se e, de olhos fechados e passos lentos, caminhou com ela grudada ao peito, desaparecendo entre as brumas e os cheiros de flores mortas, cemitério adentro, para nunca mais ser visto.

Preguinho, Jonas Bocudo e Simão presenciaram toda a cena boquiabertos, escondidos atrás de um velho túmulo quebrado. Assim que a imagem do padre Argemiro desapareceu entre as névoas pesadas da eternidade, uma tempestade despencou como um dilúvio sobre Monteiro Lobato. Sem perder tempo, os garotos correram em direção ao portão. Um vulto translúcido estava parado na entrada do cemitério e suas roupas estavam secas, mesmo no meio da chuva forte. Os garotos, já encharcados, pararam de andar e de respirar por um instante. O vulto etéreo caminhou e passou por eles devagar, encarando-os um a um. Simão reconheceu a imagem e gritou:

— Vó?

O vulto pareceu nem ouvir e apressou o passo. Do nada, a voz de dona Sinhá, envolta em reverberações e distorções, começou a ecoar cemitério adentro:

— Juninho! Juninho! Vem, aqui, meu animarzinho! Quanta farta eu sinto docê! Quem diria que ocê ia consigui cavá esse túner todo, né? Danadinho!

Como se obedecesse ao chamado de dona Sinhá, uma criatura envolta em chamas alaranjadas e vermelhas que não se apagavam nem com a chuva intensa, saltou através do buraco do túmulo negro e, rosnando como um cachorro louco, correu em direção a ela. O animal babava uma gosma parecida com lava de vulcão e segurava dezenas de objetos de ouro, prata e pedras preciosas entre os dentes grandes e pontiagudos. O vulto de dona Sinhá, já próximo ao cadáver sem coração de seu Dito Lobisomem, virou-se, abriu os braços e a criatura saltou em seu colo, enrolando a enorme cauda em seu pescoço. A velha sorriu e fez um carinho na sua cabeça, passando devagar seus dedos magros entre as labaredas que envolviam seu pescoço. Enquanto caminhava e desaparecia com a criatura nas brumas do mesmo local onde o padre Argemiro sumira com a cruz e os corações, disse:

— Sim, eu sei! Eu tamém amo ocê. Óia aqui. Nóis vamo devorvê todas essas joia pros dono e dispois nóis vamo atrais dele, sim! Esse cramunhão dos inferno num merece fica sorto no mundo, fazeno essas mardade, não! — depois de um silêncio, concluiu, de sorriso estampado entre as rugas do rosto: — E tem gente que credita no bem e no mar, né, Juninho?

Dona Sinhá havia morrido no início daquela noite, enquanto dormia. Naquela mesma noite também, depois de todo o ocorrido, Preguinho sonhara com o irmão Flautinha, com o pai Gilmar, com o tio Marcão e com o avô Jair. Todos, sorridentes e esbanjando brilho nos olhos, participavam de uma pescaria em um local não identificado.

Monteiro Lobato, depois de chorar a morte de seus cidadãos, teria, a partir daquela data, dias melhores para viver e histórias assombrosas para contar, principalmente a do velho coveiro de coração escuro, cuja alma agoniza queimando a sete palmos do inferno.

Agradecimentos a toda a minha família, em especial à Mayra, por todo amor e carinho.